Cahier de remise à niveau-Remédiation

Liliane Dray
Professeur certifié

Patrick Brandebourg
Professeur agrégé

Thierry Murgier
Inspecteur pédagogique régional

MAGNARD

Édito

Les fiches de ce cahier ont été élaborées pour permettre aux élèves de comprendre en s'exerçant. Ils peuvent travailler de façon relativement autonome, ils devront faire le lien entre les activités proposées et les textes encadrés qui indiquent les points essentiels à retenir. Des discussions avec leurs camarades et l'aide de leur professeur permettront toutefois une meilleure compréhension des notions.

Ces fiches sont dans une large mesure indépendantes et pourront être abordées en fonction des besoins.

Les auteurs

Symboles

Sur chaque fiche le matériel nécessaire est indiqué par le symbole suivant :

Papier calque

Rapporteur

Règle

Feuilles blanches

Compas

Calculette

Équerre

Sommaire

Fiches

Compétences

1 Reconnaître une figure simple

COMPRENDRE

ACTIVITÉ 1

Marie affirme qu'à l'intérieur de ce puzzle il y a 4 pièces qui sont des quadrilatères. Es-tu d'accord avec elle ?

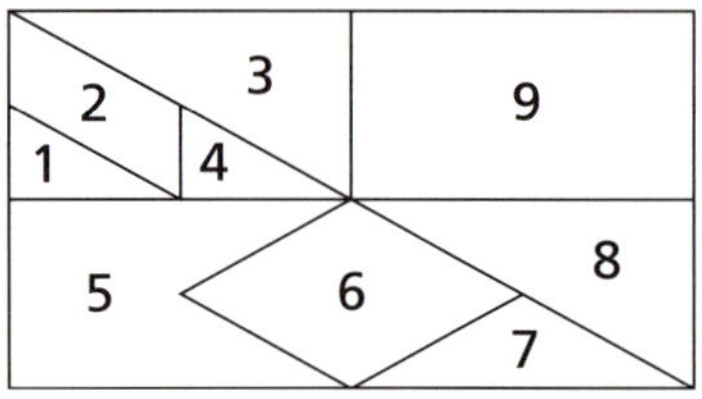

- Écris les numéros des pièces quadrilatères :

....

- Connais-tu le nom de ces pièces quadrilatères ? Si oui, écris-les.

....

....

ACTIVITÉ 2

Observe attentivement la figure ci-contre et repasse en couleur les traits de cette figure qui forment un rectangle.

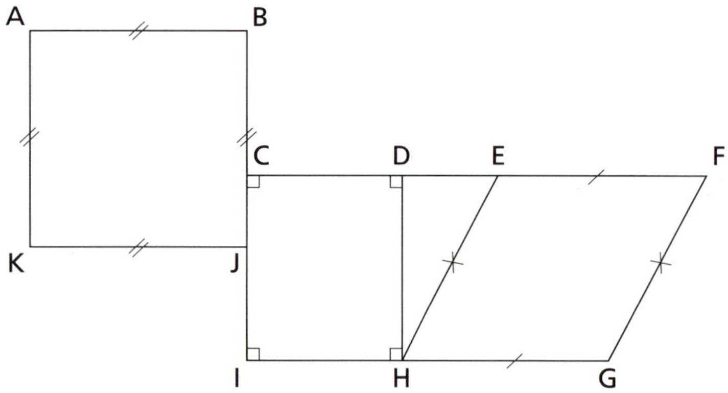

Pour reconnaître une figure simple dans une figure plus complexe :
il faut observer attentivement la figure, comprendre et traduire le codage.
Il fut aussi connaître les propriétés caractéristiques de la figure à découvrir.

- Quels sont les éléments qui te permettent d'être sûr de ta réponse ?

....

....

....

S'EXERCER

EXERCICE 1

Sur cette figure, on a dessiné plusieurs droites

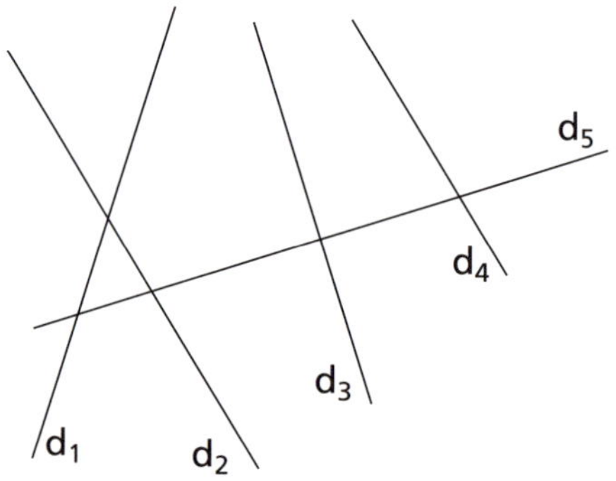

- Repasse en rouge celles qui te semblent perpendiculaires.
- Repasse en bleu celles qui te semblent parallèles.
- Quels instruments pourrais-tu utiliser pour vérifier ?
- Complète : $d_3 \perp$ ......
- ...... // d_4

EXERCICE 2

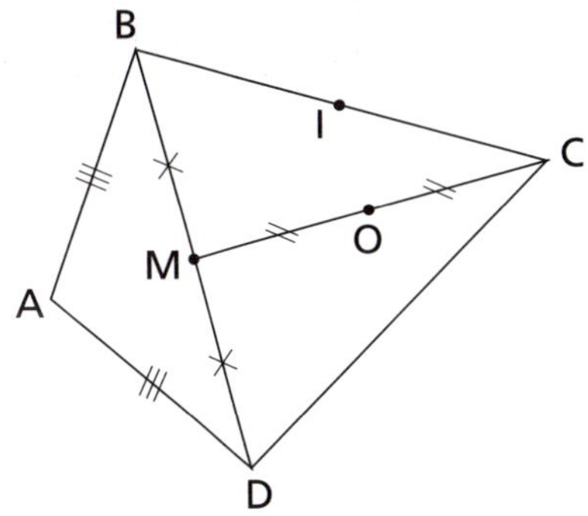

- Observe bien cette figure et retrouve des points milieux de segments.

....

....

- Quel est le codage qui te permet d'être sûr de ta réponse ?

....

EXERCICE 3

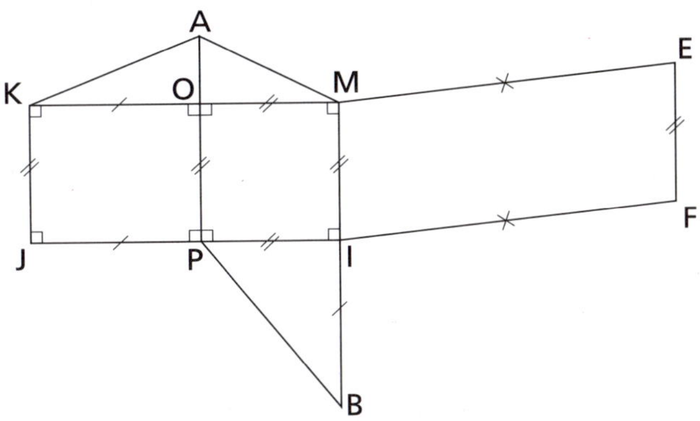

Peux-tu aider Laure à reconnaître un carré dans cette figure ?

Désigne ce carré :

....

Comment peux-tu convaincre Laure que la figure trouvée est bien un carré ?

....

....

....

CHERCHER

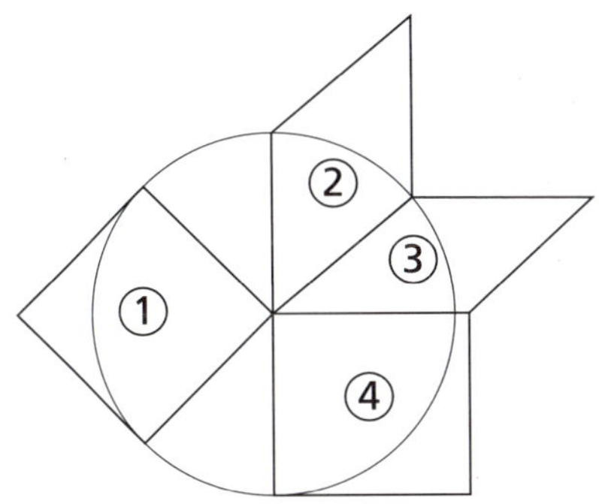

a. Observe attentivement la figure ci-contre et repasse en couleur les traits de cette figure qui semblent former un losange.
Peut-on écarter tout de suite certaines formes ? Pourquoi ?

....

....

....

b. Nomme les figures simples que tu peux repérer sur ce dessin et, pour chaque figure reconnue, écris quelques phrases qui te permettent de la définir grâce à des propriétés caractéristiques.

ABCD est un .... car,
il possède ....

....

....

....

....

....

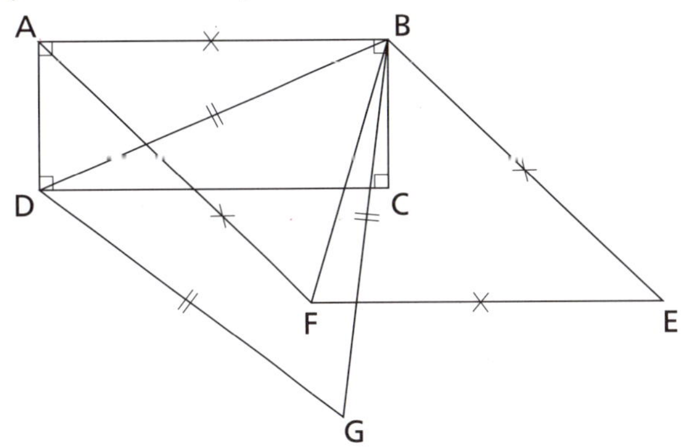

RÉDIGER

Cette figure se compose d'un carré ABCD de centre O.

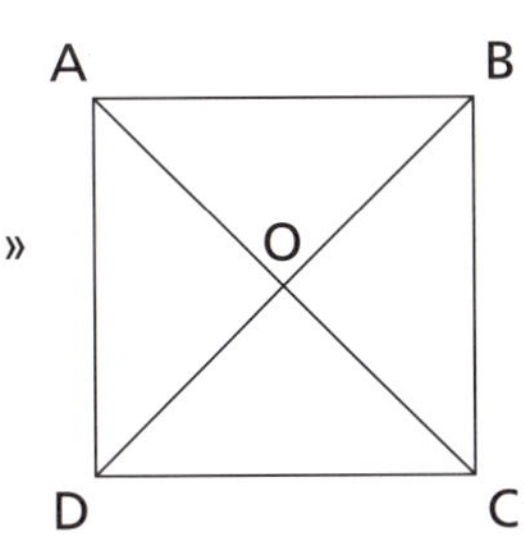

- On pose une question à Thierry, élève de 6e A :
« Trouve dans la figure donnée un triangle rectangle et isocèle et explique comment tu l'as reconnu. »
- Voici sa réponse : « Le triangle AOB est rectangle et isocèle parce que je sais qu'un carré a tous ses angles droits et tous ses côtés égaux. »
- Que penses-tu de la réponse de Thierry, est-elle satisfaisante ?
Rédige sur ton cahier en quelques phrases tes explications. Peux-tu proposer une autre réponse que celle de Thierry ?

2 Reproduire une figure géométrique

COMPRENDRE

ACTIVITÉ 1

a. Julie a écrit un petit texte pour expliquer comment elle fait pour reproduire la figure ci-contre. Certains mots de ce texte se sont effacés ; retrouve-les dans la liste suivante :

rayon - centre - milieu - cercle - arc de cercle - diamètre.

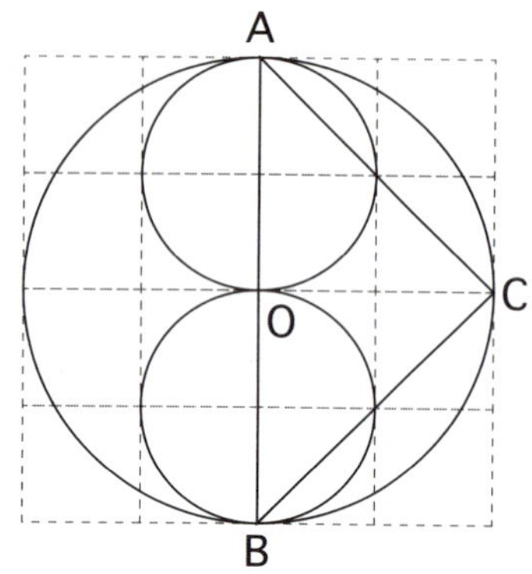

Texte de Julie

Je marque sur ma feuille deux points A et B et je place le point O au .... du segment [AB]. Puis je construis le .... de .... O et de rayon [OB].

Je construis le cercle de .... [AO] puis le cercle de .... [OB]. Ensuite je marque un point C sur un des deux .... Enfin je trace les côtés [AC], [BC] et [AB] du triangle ABC.

b. Reproduis, toi aussi, cette figure.

Pour reproduire une figure, on utilise les informations données par lecture du dessin : position par rapport au quadrillage, alignement de points, égalités du nombre de carreaux…

ACTIVITÉ 2

a. Observe attentivement le schéma ci-contre et complète les phrases suivantes :

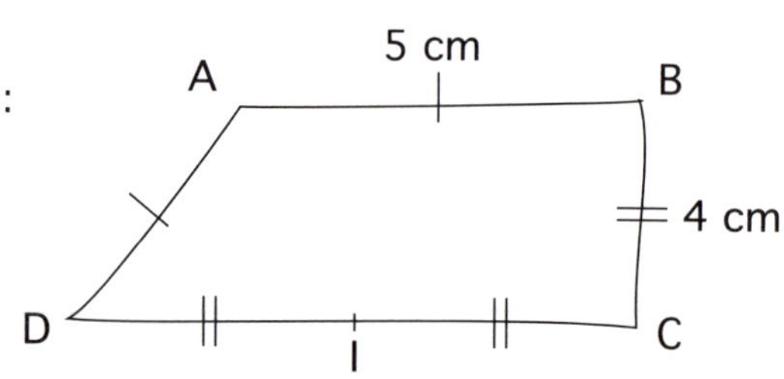

La longueur du segment [AB] est .... cm.
Les droites (AB) et (BC) sont ....
La longueur du segment [BC] est .... cm.
Les droites (BC) et (CD) sont ....
La longueur du segment [DC] est .... cm.
Le point I se trouve au .... de [DC].
La longueur du segment [DA] est .... cm.

b. Grâce aux informations données ci-dessus, construis la figure dans le cadre ci-contre (on a déjà tracé le segment [AB]).

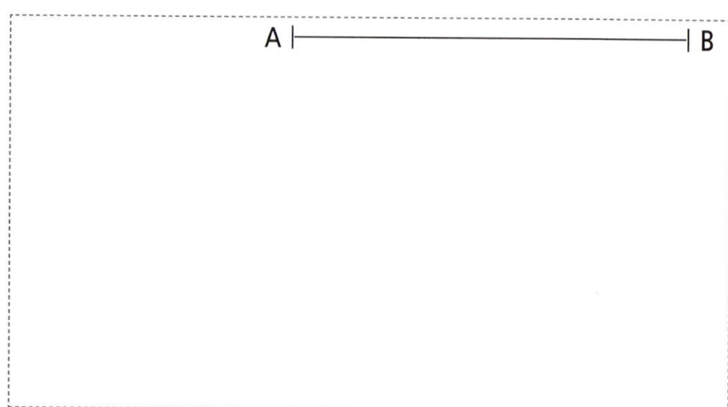

S'EXERCER

EXERCICE 1

Construis la figure en utilisant le schéma et le texte ; souligne dans le texte les mots qui t'ont servi :

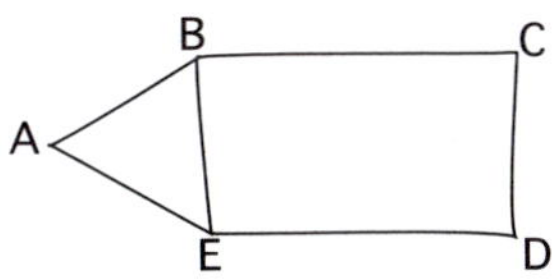

- ABE est un triangle équilatéral.
- EBCD est un rectangle tel que BC = 5 cm et BE = 3 cm.

Coder un dessin, c'est marquer sur ce dessin, par un signe, une information mathématique donnée.

EXERCICE 2

a. Construis la figure en utilisant le schéma codé ci-dessous.

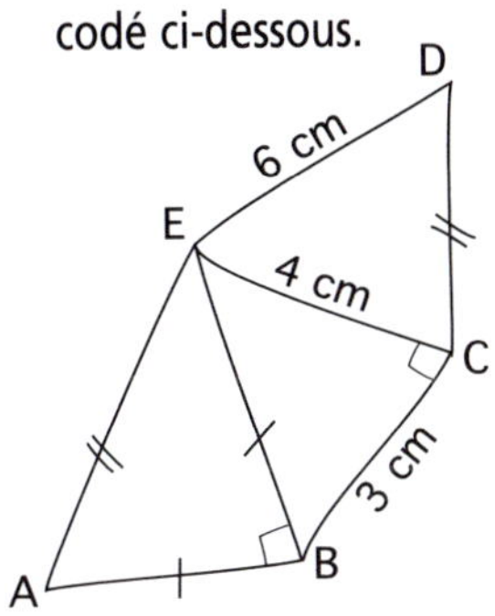

b. Quels sont les instruments que tu as utilisés ?

....

....

c. As-tu été obligé(e) de respecter un ordre pour reproduire le schéma ? Lequel ?

....

....

CHERCHER

Voici une figure composée d'un carré dont les quatre sommets A, B, C, D se trouvent sur un même cercle de rayon égal à 2 centimètres.

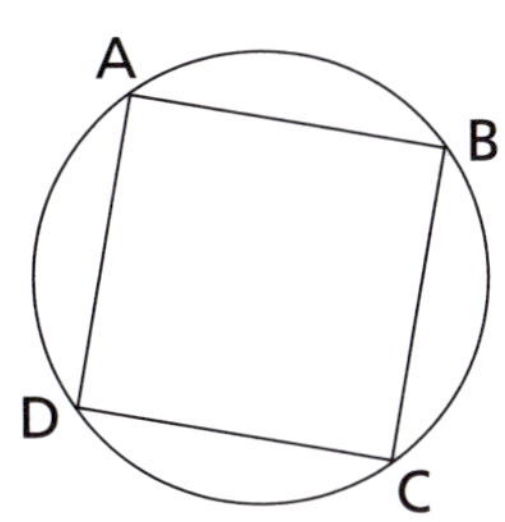

a. Reproduis cette figure :

Pour reproduire une figure donnée :
il faut penser à utiliser les propriétés de la figure qui sont données dans un texte ou directement par un codage sur la figure.

b. Explique comment tu as fait sur ton cahier d'exercices.

3 Construire une figure à partir d'indications

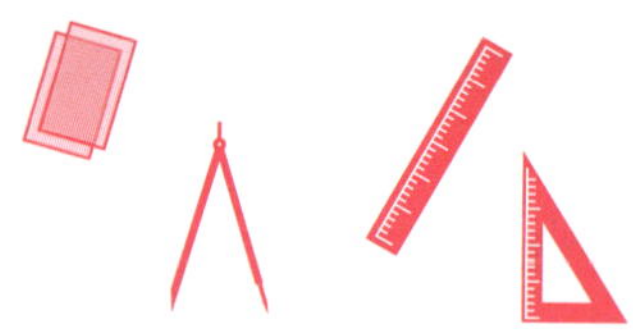

COMPRENDRE

ACTIVITÉ 1

Anthony est un élève de 6e A, il a été absent au dernier cours de mathématiques. Sophie est la déléguée de la classe, elle lui a donc décrit, au téléphone, la figure de géométrie qu'Anthony doit construire pour le cours d'aujourd'hui.

1. Voici la description des tracés à réaliser, dictée par Sophie :

- Construis un rectangle ABCD avec AB = 7 cm et AD = 4 cm.
- Trace les diagonales de ce rectangle, elles se coupent en I.
- Dessine le cercle $\mathcal{C}$ de centre I et de rayon 2 cm.

En géométrie *un point est marqué* par une croix, ou un point. Il *est désigné* par une lettre majuscule :

($\overset{A}{\times}$ ou $\overset{B}{\cdot}$)

***Une lettre* ne peut correspondre qu'à *un seul point* ; dans une même figure, un point ne peut pas se trouver à plusieurs endroits.**

2. Voici la figure construite par Anthony :

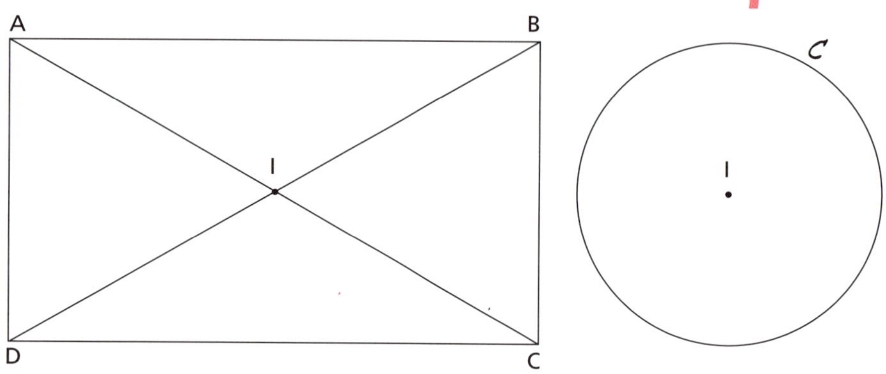

3. Es-tu d'accord avec le travail d'Anthony ? Pourquoi ?

....
....
....
....
....
....
....

ACTIVITÉ 2

1. Voici plusieurs figures et plusieurs consignes de tracés. **Peux-tu relier les figures et les consignes qui vont ensemble ?**

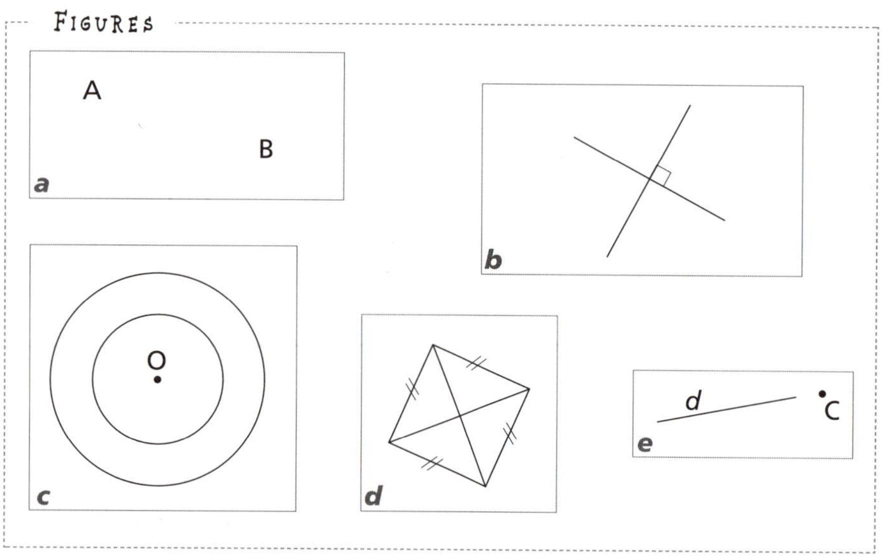

CONSIGNES

① Place un point C sur une droite d.

② Construis un carré et ses diagonales.

③ Trace deux droites sécantes.

④ Dessine deux cercles de même centre mais de rayons différents.

⑤ Marque deux points distincts A et B.

2. Si tu n'as pas trouvé de texte pour une figure, **modifie un élément de la figure pour pouvoir lui en associer un.**

3. Si tu n'as pas trouvé de figure pour un texte, **modifie le texte pour pouvoir les mettre en correspondance.**

***En géométrie*, une droite est *illimitée*, même si sa *représentation est limitée* sur la feuille. Il existe *des codages conventionnels* sur les figures (code angle droit, signe d'égalité de mesures de longueur...)**

S'EXERCER

EXERCICE 1

On a commencé à construire une figure, **complète cette figure** en suivant les indications suivantes.

- **À l'aide de ton compas, dessine** le cercle de centre A et qui passe par B.
- **Avec l'équerre, construis** la perpendiculaire Δ à la droite d et qui passe par le point B.
- **Trace avec ta règle** la demi-droite [Ax) d'origine A et qui passe par B.
- **En utilisant ta règle graduée, marque** le milieu I du segment [AB] .

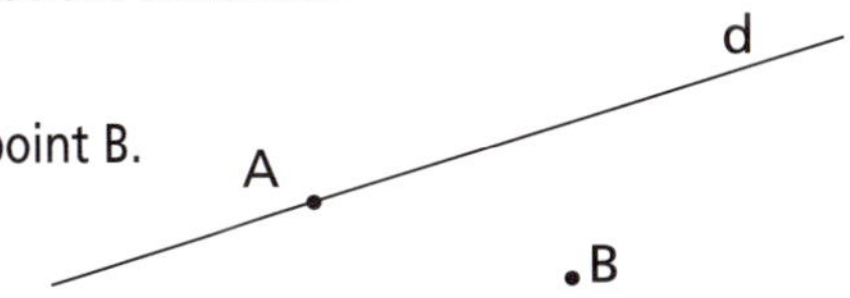

EXERCICE 2

Voici un programme de construction. Trace la figure demandée.

- Trace un segment [AC] de longueur 4 cm.
- Marque le milieu O du segment [AC].
- Trace le cercle $\mathcal{C}_1$ de centre A et de rayon 3 cm.
- Trace le cercle $\mathcal{C}_2$ de centre C et de rayon 3 cm.
- Les cercles $\mathcal{C}_1$ et $\mathcal{C}_2$ se coupent en B et D.
- Trace les segments [AB], [BC], [CD] et [DA].

Pour construire une figure géométrique, on utilise un programme de construction, c'est à dire une suite de consignes, donnant des instructions de tracé dans un certain ordre.

EXERCICE 3

Voici un programme de construction, remets le en ordre en numérotant chaque consigne, puis trace la figure demandée.

- [ ] Place le milieu I du segment OA.
- [ ] Trace un cercle $\mathcal{C}$ de centre O, passant par le point I.
- [ ] Construis un carré ABCD de 6 cm de côté.
- [ ] Les segments [AC] et [BD] se coupent au point O.

EXERCICE 4

1. Voici un programme de construction

- Trace un segment EF de 6 cm de longueur.
- Marque le milieu O du segment EF.
- Construis le cercle de centre O et de rayon 3 cm.
- Place un point A sur le cercle tel que AE : 2 cm.
- Place un point B sur le cercle tel que BF = 4 cm et tel que A et B soient du même côté de la droite (EF).
- Les droites (EA) et (BF) se coupent en un point I.
- Construis le cercle de centre B et passant par I.

2. Sur ton cahier d'exercices, fais un croquis à main levée qui correspond à ce programme, puis réalise la construction demandée.

Faire un dessin «à main levée» permet d'avoir une idée de la figure que l'on va obtenir et de la place nécessaire à prévoir pour réaliser la figure.

4 Expliquer une construction

COMPRENDRE

ACTIVITÉ 1

Voici une figure ; **complète le texte ci-dessous qui est associé à cette figure à l'aide de mots se trouvant dans cette liste :** « Côté-Sommet-Diagonale-Triangle-Perpendiculaire-Parallèle-Losange-Carré »

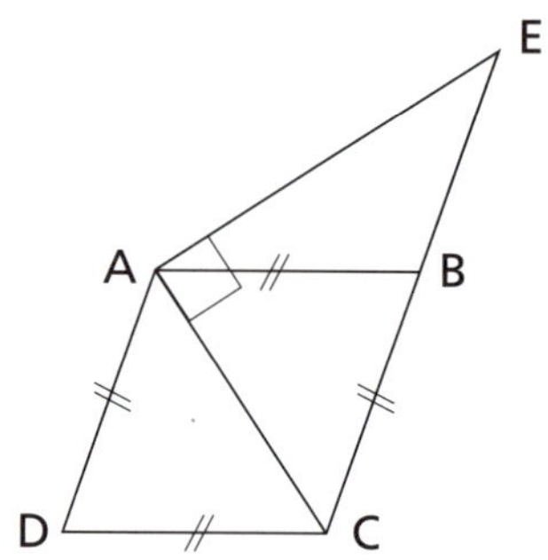

Le quadrilatère ABCD est un .... et le segment AC est une ....
On trace la .... à (AC) passant par le .... A. Cette .... coupe le prolongement du ....[BC] en un point E.
Le .... CAE est rectangle en A.

ACTIVITÉ 2

En observant cette figure ; souligne pour chaque affirmation du texte ci-dessous la réponse qui convient : VRAI ou FAUX ou JE NE SAIS PAS.

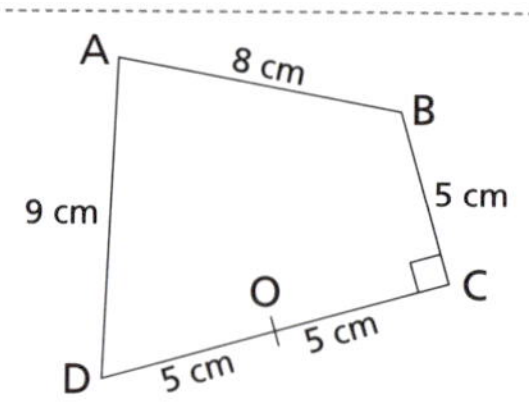

Dans cette figure, deux côtés sont perpendiculaires.	*VRAI – FAUX – JE NE SAIS PAS*
Dans cette figure, deux côtés ont des mesures de longueur égales.	*VRAI – FAUX – JE NE SAIS PAS*
Le point O est le milieu du segment [DC].	*VRAI – FAUX – JE NE SAIS PAS*
Dans cette figure, deux côtés sont parallèles.	*VRAI – FAUX – JE NE SAIS PAS*

ACTIVITÉ 3

Julien et Manon ont complété le texte permettant de reproduire la figure ci-dessous :

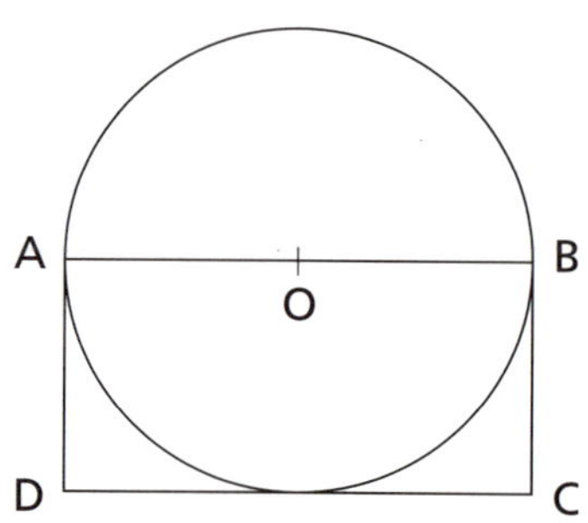

TEXTE DE JULIEN

Trace un rectangle ABCD de longueur 6 cm et de largeur 3 cm ...
de 18 cm de périmètre.
Qui passe par le point O
Qui a 4 angles droits
....

TEXTE DE MANON

Trace un rectangle ABCD de longueur 6 cm et de largeur 3 cm ,
au milieu de la longueur AB
place un point O qui sera le
centre d'un cercle qui doit
toucher les points A et B.

1. Quel est le texte qui te paraît respecter le mieux la figure ?

....

2. Transforme l'autre texte pour qu'il soit satisfaisant et qu'il permette vraiment de construire la figure.

....
....
....

S'EXERCER

EXERCICE 1

Voici une figure, complète le programme de construction de cette figure.

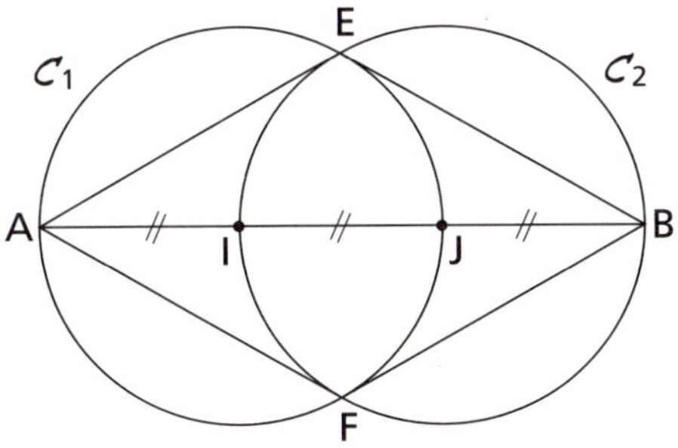

- Trace un cercle de centre I.
- Marque un point J sur ce cercle.
- ....
- ....
- ....
- ....
- ....
- ....

EXERCICE 2

Quelles sont les instructions nécessaires pour pouvoir construire la figure ci-dessous. Dans le texte que tu vas écrire, **donne les consignes de tracé dans un ordre qui permette la construction.**

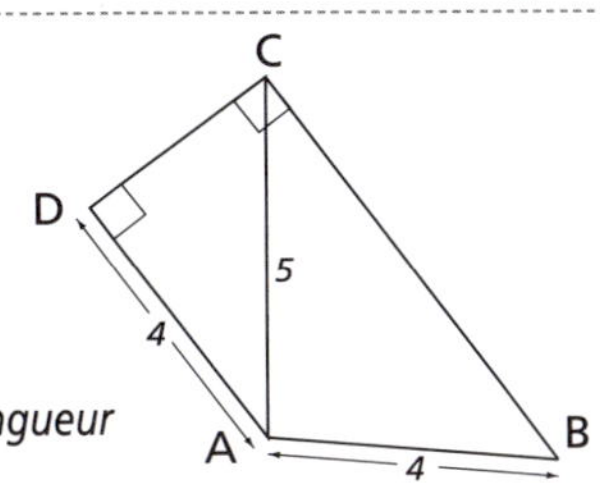

(l'unité de longueur est le cm)

- ....
- ....
- ....
- ....
- ....
- ....

CHERCHER

Voici une figure « à main levée » et sa description :

OBEC est un losange
ABCD est un rectangle de largeur
AB = 3 cm et de longueur AD = 8 cm.
O est le milieu du segment [AD]

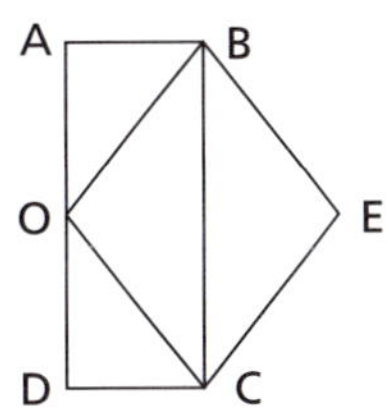

- ....
- ....
- ....
- ....
- ....
- ....
- ....

- **Cette description ne permet pas une construction facile** pour un élève qui ne voit pas la figure. Alors, **remplace ce texte descriptif par une suite de consignes** permettant de tracer la figure.
- Réalise la figure sur une autre feuille à partir de ce programme que tu viens de rédiger.
- Ta figure est-elle analogue à celle de l'énoncé ? ....

RÉDIGER

En utilisant les mots donnés dans la liste ci-contre,

- **rédige un programme de construction,**
- puis, **construis sur ton cahier d'exercices la figure correspondante.**

LISTE DES MOTS

Milieu,
centre,
segment,
cercle,
point,
médiatrice.

TEXTE

- ....
- ....
- ....
- ....
- ....
- ....
- ....
- ....

5 Distinguer aire et périmètre

COMPRENDRE

ACTIVITÉ 1

Voici les plans de plusieurs parcours sportifs.

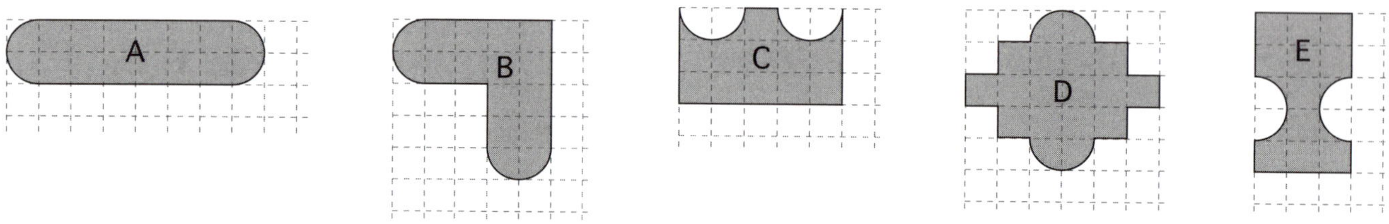

- Quel est le parcours le plus long ? ....
- Quelle est ta méthode pour trouver le plus long parcours ?

....

....

....

ACTIVITÉ 2

Voici les dessins de plusieurs surfaces. Indique celle qui semble avoir la plus petite aire. ....

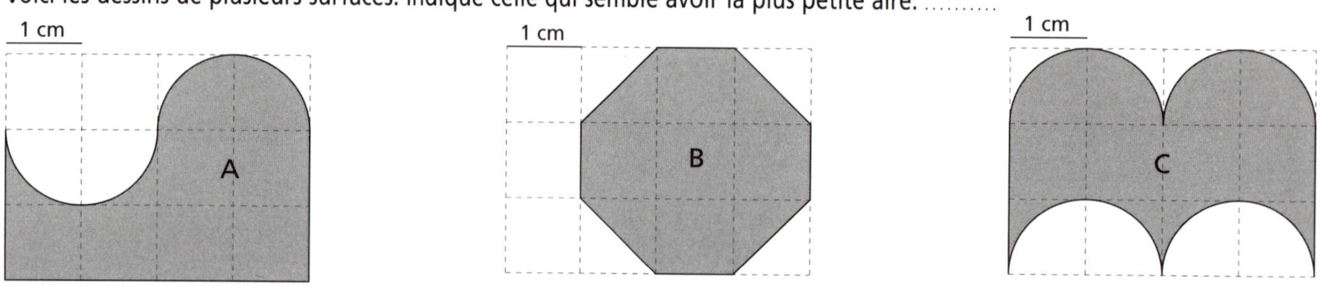

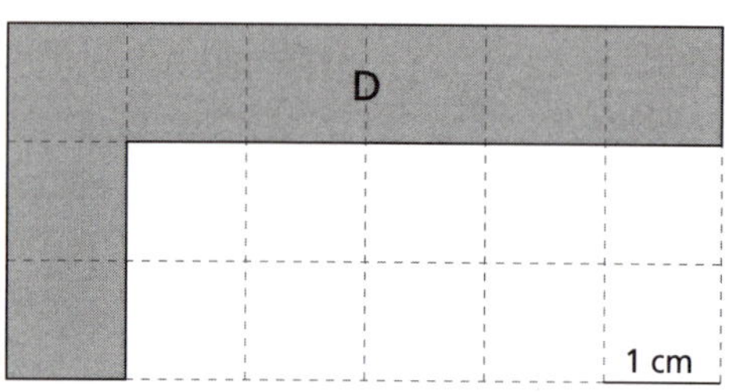

As-tu utilisé la même méthode pour trouver la surface qui a la plus petite aire, que pour l'exercice précédent ?

....

....

Il est important de bien associer : le périmètre d'une figure à la longueur de son « pourtour ». l'aire d'une figure à sa « surface intérieure ».

ACTIVITÉ 3

Classe les situations suivantes en deux catégories : P (Périmètre) / A (Aire).

- Combien faudra t-il acheter de carreaux pour carreler la piscine ? .... A P
- Un agriculteur veut cloturer son champ avec du fil de fer. .... A P
- On cherche à estimer la longueur de la Grande Roue de la fête foraine. .... A P
- La mairie va construire un boulevard périphérique autour de la ville. .... A P
- Sur un panneau publicitaire, on donne la superficie du terrain à vendre. .... A P
- Combien de sacs de graines seront nécessaires pour semer du gazon sur ce jardin ? .... A P

S'EXERCER

EXERCICE 1

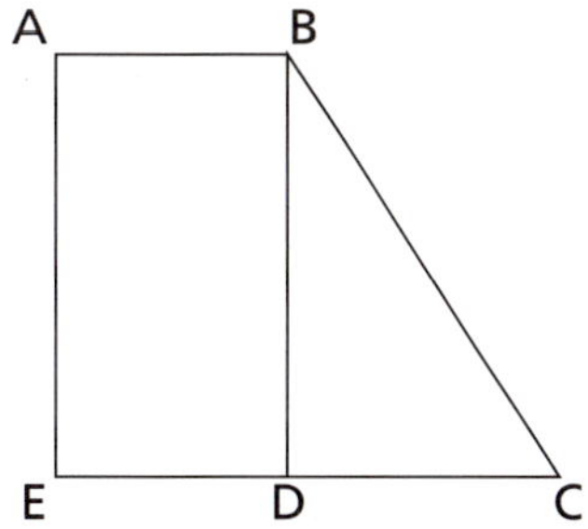

En observant la figure ci-contre,
réponds par VRAI ou FAUX aux phrases suivantes :

- Le périmètre de la figure ABCDE est égal à la somme des périmètres des figures ABDE et BCD. .... VRAI FAUX
- L'aire de la figure ABCDE est égale à la somme des aires des figures ABDE et BCD. .... VRAI FAUX

EXERCICE 2

Un agriculteur veut clôturer son champ représenté sur la figure ci-contre. Il dispose de 160 m de fil. En aura-t-il assez pour faire ce travail ? ....

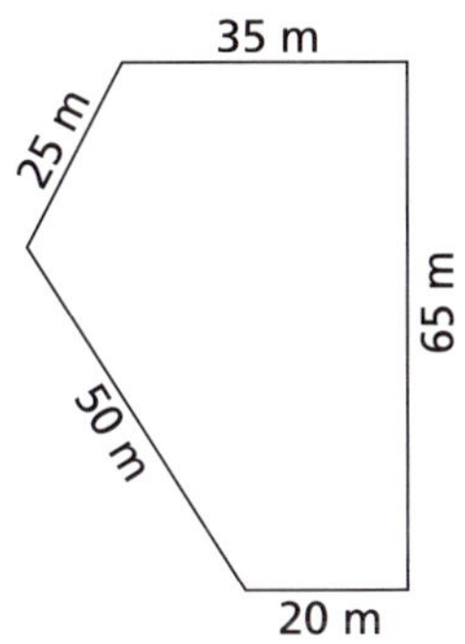

EXERCICE 3

Calcule le périmètre de cette figure :

(dimensions données en cm)

....
....
....
....
....

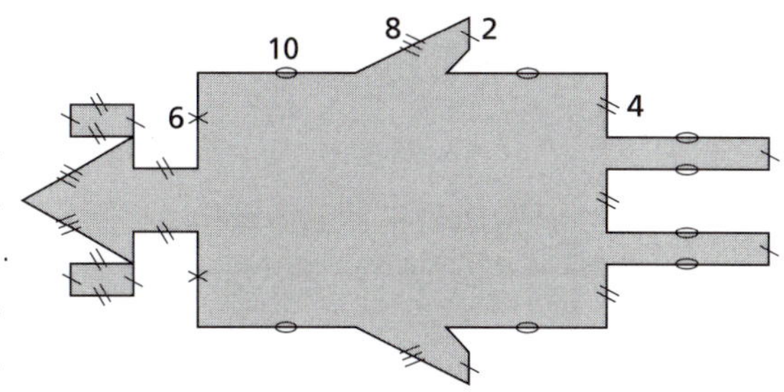

Pour obtenir l'aire d'une figure, on décompose cette figure en plusieurs parties dont les aires sont connues, puis on ajoute ces différentes aires.

EXERCICE 4

a. Combien y-a-t-il de carrés de 1 cm de côté dans cette figure ? ....

b. Combien manque t-il de carrés de 1 cm de côté pour former un rectangle de dimensions 3 cm et 5 cm ? ....

c. Dessine-les sur la figure d'une autre couleur.

d. En utilisant le carré de côté 1 cm comme unité de mesure, tu peux à présent donner l'aire de cette surface rectangulaire. ....

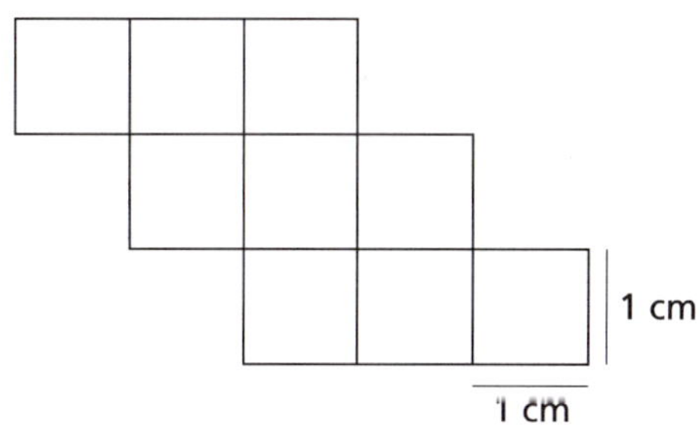

CHERCHER

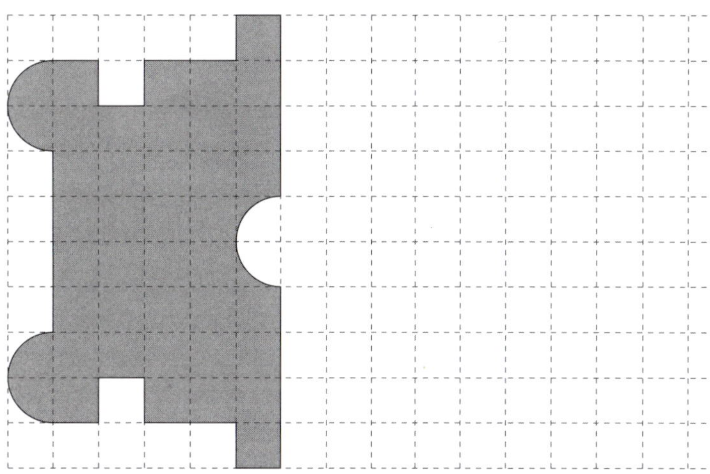

a. Construis sur le quadrillage ci-contre une figure de même aire que la figure donnée.

b. Cette figure que tu viens de construire a-t-elle la même forme que la surface donnée ? ....

c. Cette figure que tu viens de tracer a-t-elle le même périmètre que la surface donnée ? ....

d. Explique sur ton cahier d'exercices en quelques phrases tes idées, tes démarches.

6 Comparer des périmètres, comparer des aires

COMPRENDRE

Observe les figures ci-dessous, puis compare dans chaque cas les périmètres et les aires des deux parties colorées.

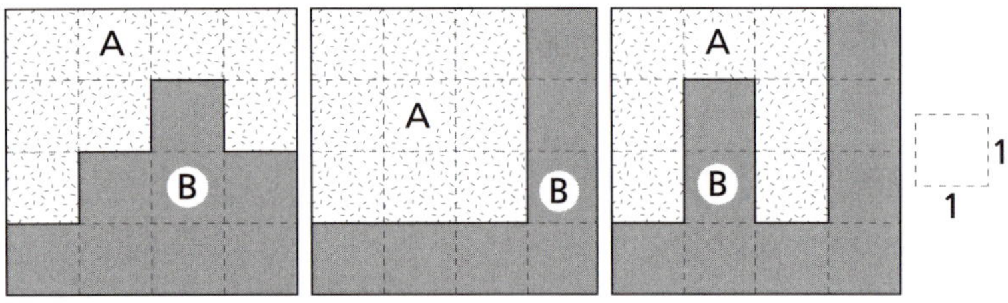

1   2   3

❶ P_A = ..., P_B = ... donc P_A .... P_B
A_A= ...., A_B = ... donc A_A .... A_B

❷ P_A = ..., P_B = ... donc P_A .... P_B
A_A = ..., A_B = ... donc A_A .... A_B

❸ P_A = ..., P_B = ... donc P_A .... P_B
A_A = ..., A_B = ... donc A_A .... A_B

Deux figures non superposables peuvent avoir des aires égales. Mais attention ! Quand une figure B a une aire plus grande qu'une figure A, la figure A peut avoir un périmètre plus grand.

S'EXERCER

EXERCICE 1

a. Construis un carré Ⓑ qui a le même périmètre que le rectangle Ⓐ tracé.

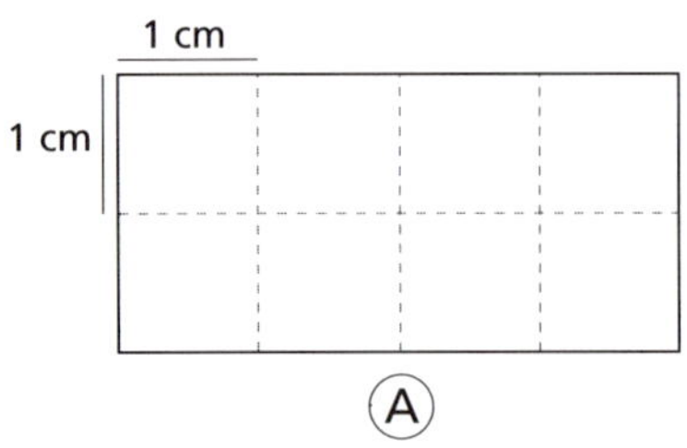

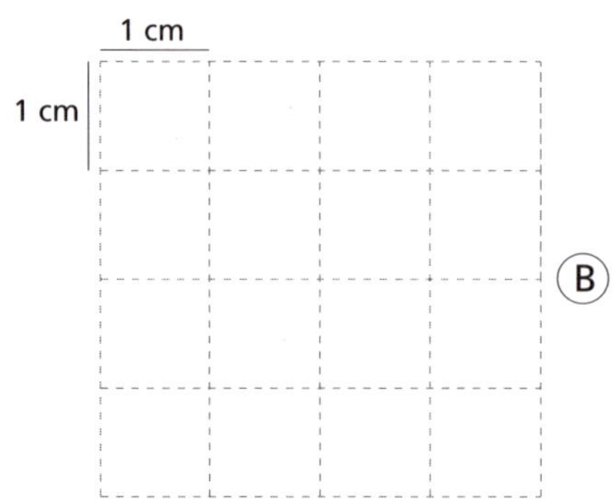

b. Les périmètres du rectangle Ⓐ et du carré Ⓑ sont égaux mais que penses-tu de leurs aires ?

....

....

EXERCICE 2

a. Construis un carré Ⓑ qui a la même aire que le rectangle Ⓐ tracé.

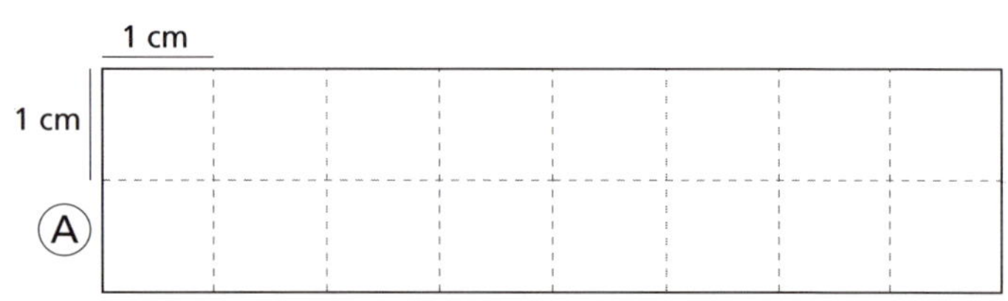

b. Les aires du rectangle Ⓐ et du carré Ⓑ sont égales mais que penses-tu de leurs périmètres ?

....

....

....

....

....

EXERCICE 3

Construis un carré Ⓑ dont le périmètre est égal à l'aire du rectangle Ⓐ tracé.

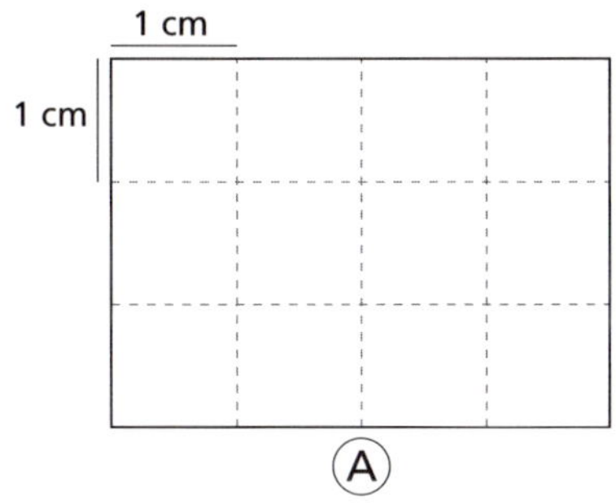

Ⓑ

CHERCHER

a. Dessine un rectangle dont la longueur et la largeur sont exprimées par des nombres entiers de cm et dont le périmètre est égal à 12 cm.

1 cm

1 cm

b. Existe-t-il plusieurs possiblités de rectangles ? OUI NON. Si tu as répondu OUI construis ci-dessous les différents rectangles.

1 cm

1 cm

c. Numérote chaque rectangle et détermine son aire.

d. Tous ces rectangles ont un périmètre égal à 12 cm. Quelle remarque peux-tu faire sur leurs aires ?

RÉDIGER

Dessine sur le quadrillage de droite une figure de même aire que cette flèche.

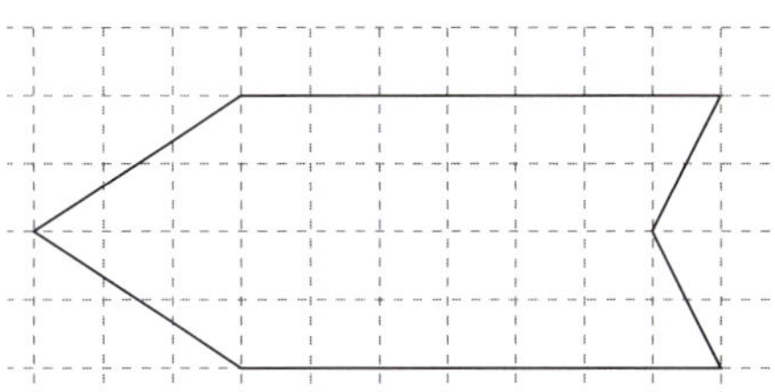

- Explique comment tu as fait.

7 Calculer un périmètre, calculer une aire

COMPRENDRE

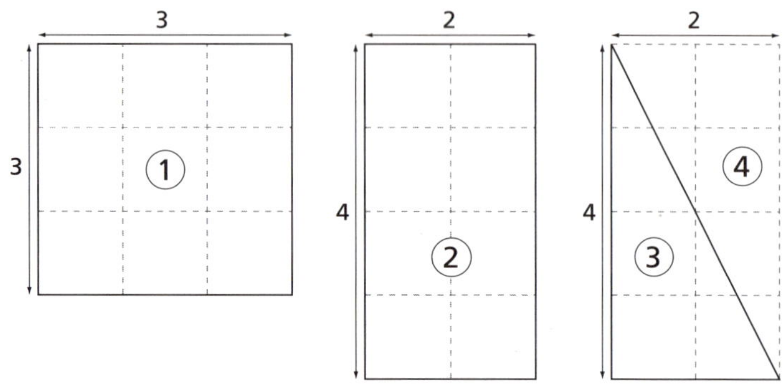

Les dimensions sont en cm.

a. Complète les phrases suivantes :

- Le périmètre du carré ① est égal à ....
- Le périmètre du rectangle ② est égal à ....
- L'aire du carré ① est égale à ....
- L'aire du rectangle ② est égale à ....
- L'aire du triangle rectangle ③ est égale à l'aire du triangle rectangle ④ donc l'aire d'un de ces triangles rectangles est égale à ....

b. Peut-on calculer le périmètre du triangle rectangle ③ ? ....

Voici quelques formules :

- **Périmètre carré : c x 4**
- **Périmètre rectangle : (L+l) x 2 = L x 2 + l x 2**
- **Périmètre triangle rectangle : a + b + c**
- **Longueur du cercle : π x 2r = π x d (r : rayon/d : diamètre/$\pi \approx$ 3,14)**
- **Aire carré : c x c**
- **Aire rectangle : L x l**
- **Aire triangle rectangle : (a x b) ÷ 2 = $\frac{a \times b}{2}$**

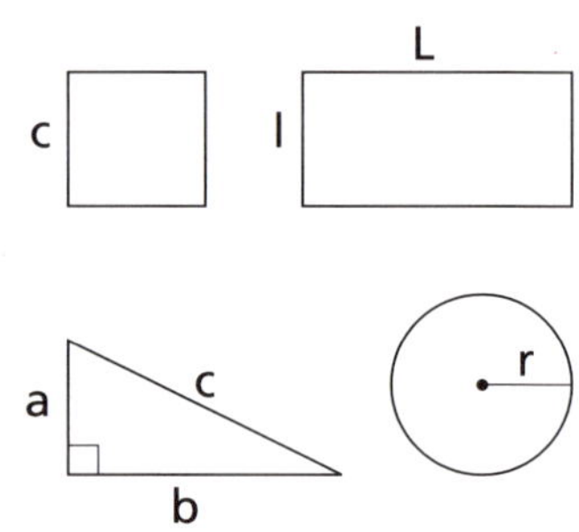

S'EXERCER

EXERCICE 1

La figure représente un quadrilatère ABCD obtenu en juxtaposant deux triangles rectangles ABC et ACD. Les dimensions sont en cm.

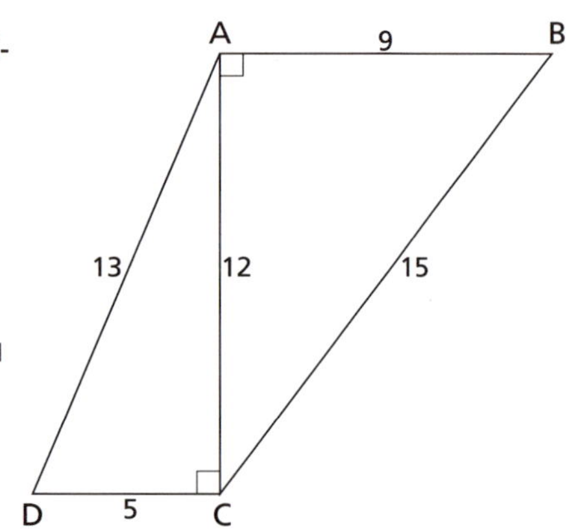

- Le périmètre du quadrilatère ABCD est-il égal à la somme des périmètres des triangles ABC et ACD ? OUI NON.
- Détermine chacun de ces périmètres et vérifie si ta réponse est juste.

P(ABCD) = ... P(ABC) = ... P(ACD) = ...
P(ABC)+p(ACD) = ... Donc : ....

- Détermine l'aire du triangle ABC, du triangle ACD ; peux-tu en déduire l'aire du quadrilatère ABCD ?

A(ABC) = ...
A(ACD) = ... } Donc : A(ABCD) = ...

EXERCICE 2

a. Calcule le périmètre de cette figure.

....

....

b. Calcule l'aire de cette figure, en découpant et en recollant certaines parties assemblées différemment.

....

....

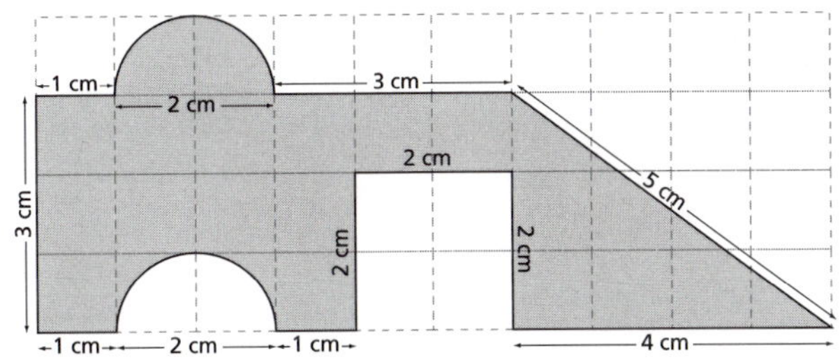

CHERCHER

Pour calculer un périmètre, on peut calculer la longueur du pourtour ou appliquer une formule. Pour calculer l'aire d'une surface on peut décomposer celle-ci en surfaces élémentaires dont on sait calculer les aires.

a. Détermine la longueur du côté d'un carré dont le périmètre est égal à 36 cm puis calcule l'aire de ce carré.

....

....

b. Détermine la largeur d'un rectangle dont la longueur est égale à 12 cm et dont le périmètre est égal à 36 cm puis calcule l'aire du rectangle.

....

....

c. Calcule le périmètre d'un triangle isocèle dont deux côtés ont pour mesures respectives 8 cm et 11 cm. Existe-t-il plusieurs possibilités ?

....

....

d. Calcule l'aire d'un carré dont le périmètre est égal au périmètre d'un rectangle de dimensions 5 cm et 7 cm.

....

....

e. Calcule la longueur d'un rectangle dont la largeur mesure 4 cm et dont l'aire est égale à 36 cm^2 puis calcule le périmètre de ce rectangle.

....

....

f. Un rectangle dont la longueur est égale au double de la largeur a un périmètre égal à 36 cm.
- Sur ton brouillon fais un schéma illustrant les données de ce problème.
- Calcule la largeur, la longueur, l'aire de ce rectangle.

....

....

g. ABCD est un carré dont le périmètre est égal à 20 cm. DEFG est un rectangle dont l'aire est égale à 10 cm^2 et dont une dimension mesure 2,5 cm. CEH est un triangle rectangle en E dont l'aire est égale à 12 cm^2 et dont un côté mesure 8 cm.

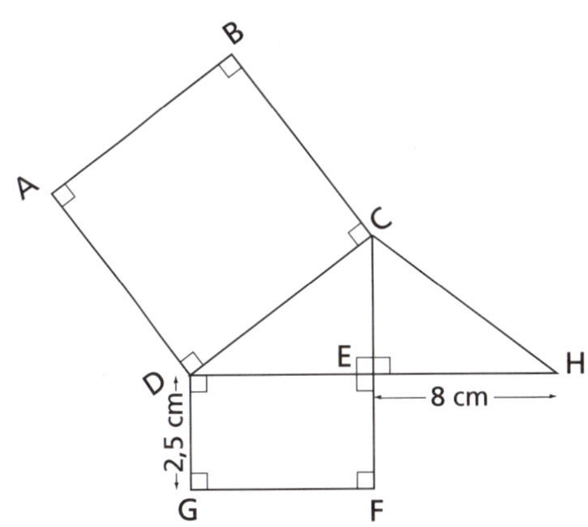

- Calcule le périmètre du triangle DEC.

....

....

....

- Calcule l'aire du triangle rectangle DEC.

....

....

....

8 Tracer et mesurer des angles

COMPRENDRE

ACTIVITÉ 1

Sur cette feuille, on a tracé deux demi-droites [Ox) et [Oy) de même origine O.

- Colorie de couleurs différentes chacune des régions déterminées par ces demi-droites.
- Chacune des régions que tu as coloriée s'appelle un angle.
- Sais-tu comment on appelle le point O ? Le .... de l'angle.
- Quel nom donne-t-on aux demi-droites ? Les .... de l'angle.

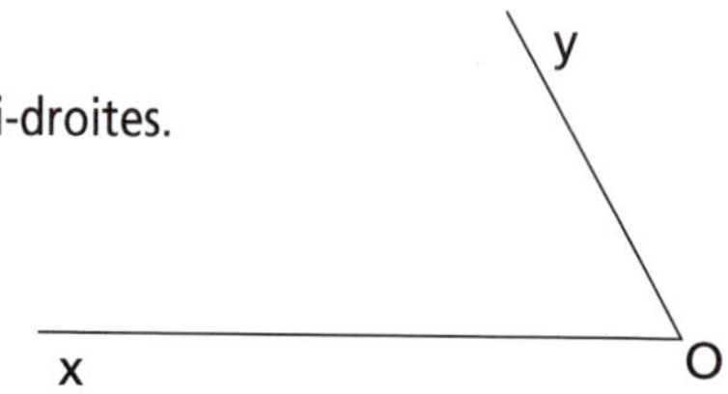

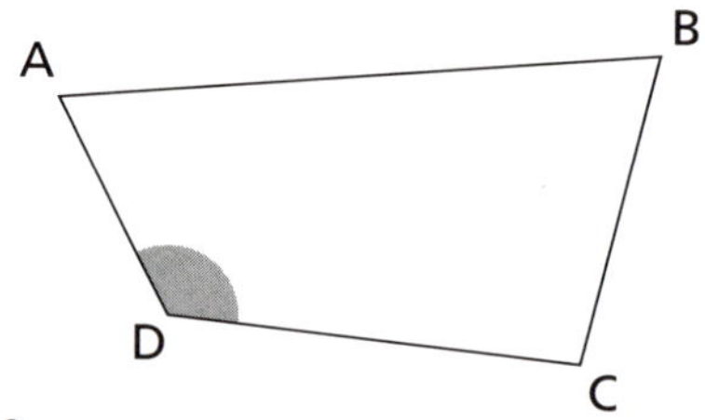

ACTIVITÉ 2

Dans la figure ci-contre :

- Colorie l'angle $\widehat{ABC}$.
- Comment désigne t-on l'angle déjà colorié sur la figure ? ....
- Existe t-il plusieurs façons de nommer cet angle colorié ? ....

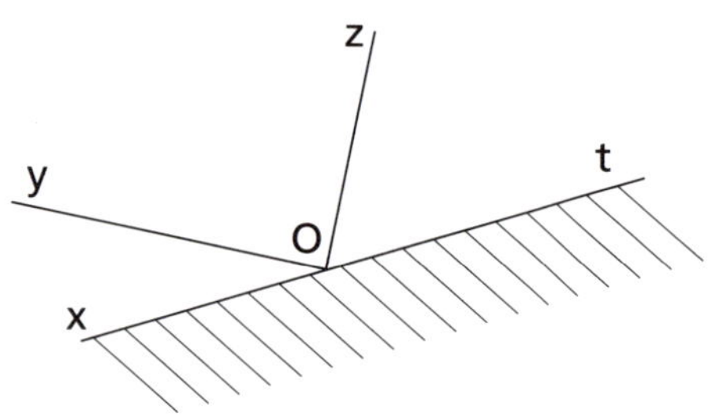

ACTIVITÉ 3

- Combien vois-tu d'angles de sommet O dans cette figure ?

....

- Nomme ces angles.

....

- Peut-on ici utiliser la désignation $\hat{O}$?

....

> **Les notations $\widehat{BCD}$ ou $\widehat{DCB}$ désignent le même angle, on peut parfois le noter $\hat{C}$.**

ACTIVITÉ 4

À l'aide d'un calque qui te servira de gabarit, **retrouve** parmi les angles dessinés ci-dessous **ceux qui sont plus grands que l'angle $\hat{N}$; puis tous ceux qui sont plus petits que l'angle $\hat{N}$.**

- Complète.

Angles plus grands que $\hat{N}$: ....

Angles plus petits que $\hat{N}$: ....

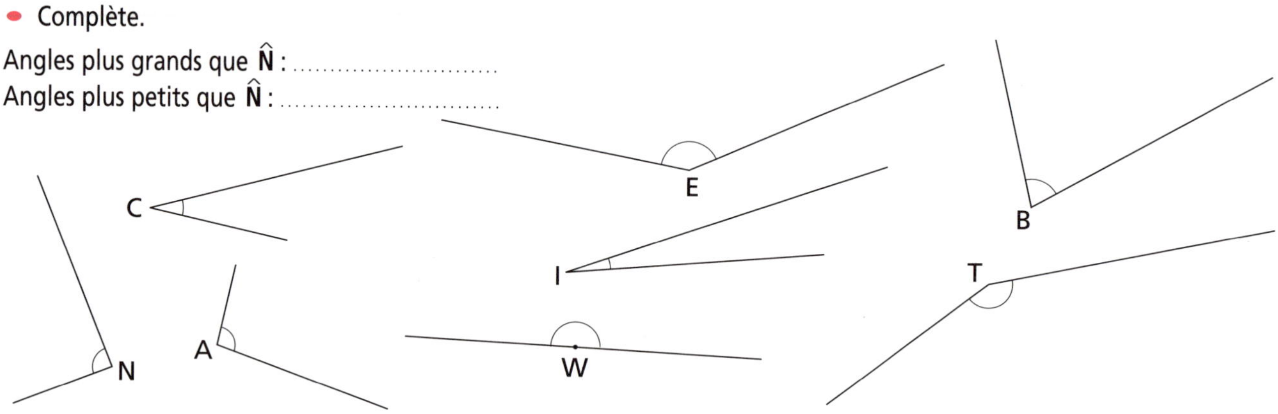

S'EXERCER

La mesure d'un angle ne dépend que de « l'écartement » de ses côtés.
Comme les côtés d'un angle sont deux demi-droites, il n'y a pas de rapport entre la mesure de l'angle et la longueur des « traits » qui représentent les côtés.

EXERCICE 1

Observe les angles de l'exercice précédent puis **complète le tableau** suivant en utilisant ton équerre si c'est nécessaire.

	angle aigu	angle droit	angle obtus	angle plat
angles	....	....	....	....

- **Comment reconnais-tu**

un angle aigu ? ....

un angle droit ? ....

un angle plat ? ....

un angle obtus ? ....

EXERCICE 2

Dessine un triangle ABC dont tous les angles sont aigus puis un **triangle EFG** qui possède un angle obtus.

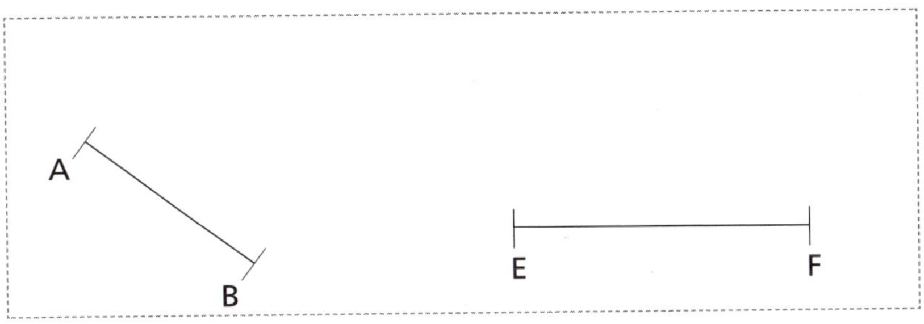

EXERCICE 3

Écris VRAI ou FAUX dans chaque case

① Un angle obtus est plus petit qu'un angle aigu.

② Les côtés d'un angle plat sont perpendiculaires.

③ À midi et demi, les deux aiguilles d'une montre forment un angle droit.

Peut-on modifier un élément de ces phrases pour que les affirmations soient vraies ?

① ....

② ....

③ ....

EXERCICE 4

Il existe une possibilité **autre que le gabarit** pour comparer deux angles ou pour reproduire un angle donné :
On utilise le compas et la règle graduée.

a. Nous allons comparer les angles dessinés ci-dessous :

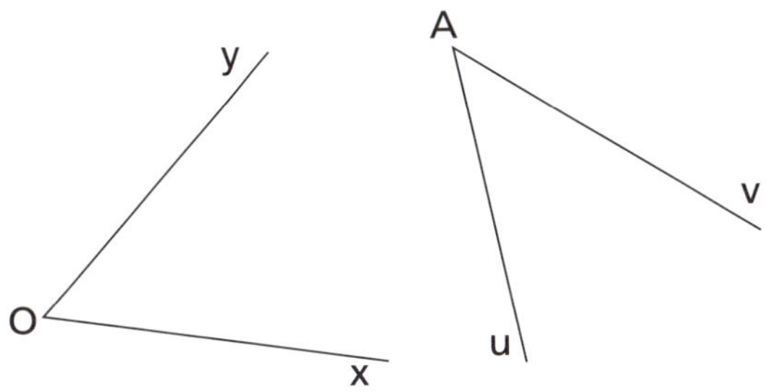

- Pour cela, **trace un arc de cercle** de centre O, de rayon 2 cm, il coupe [Ox) en I et [Oy) en J.
- Puis **trace un arc de cercle** de centre A et de rayon 2 cm, il coupe [Au) en E et [Av) en F.
- **Compare les longueurs** des segments [IJ] et [EF].

IJ .... EF. **On a :** $\widehat{xOy}$ .... $\widehat{uAv}$.

8 Tracer et mesurer des angles (suite)

b. **Nous allons reproduire un angle donné.**

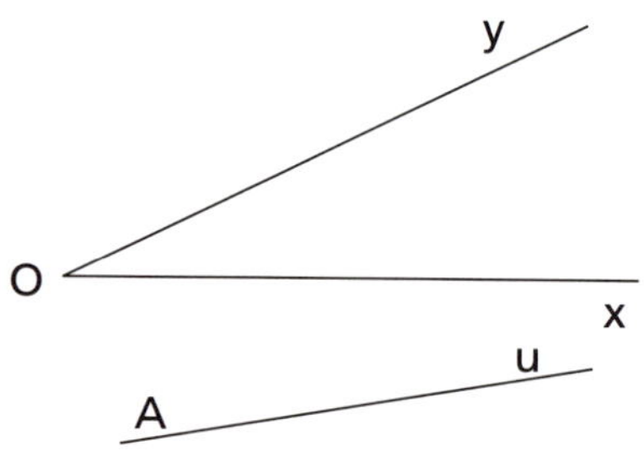

- **Trace un arc de cercle** de centre O, de rayon 3 cm, qui coupe [Ox) en I et [Oy) en J.
- **Trace un arc de cercle** de centre A, de rayon 3 cm qui coupe [Au) en E.
- **Trace un arc de cercle** de centre E, de rayon IJ, qui recoupe le précédent arc de cercle en un point F.
Donc EF.........IJ.
- **Trace la demi-droite** [Av) passant par F.
On a : $\widehat{xOy}$ .... $\widehat{uAv}$.

CHERCHER

En utilisant du papier calque, ou un gabarit de l'angle $\widehat{a}$:

- **détermine la mesure des angles $\widehat{b}$, $\widehat{c}$ et $\widehat{d}$, avec l'angle $\widehat{a}$ pris comme angle unité,** c'est-à-dire, cherche **combien de fois l'angle $\widehat{a}$ est contenu** dans les angles $\widehat{b}$, $\widehat{c}$ et $\widehat{d}$.

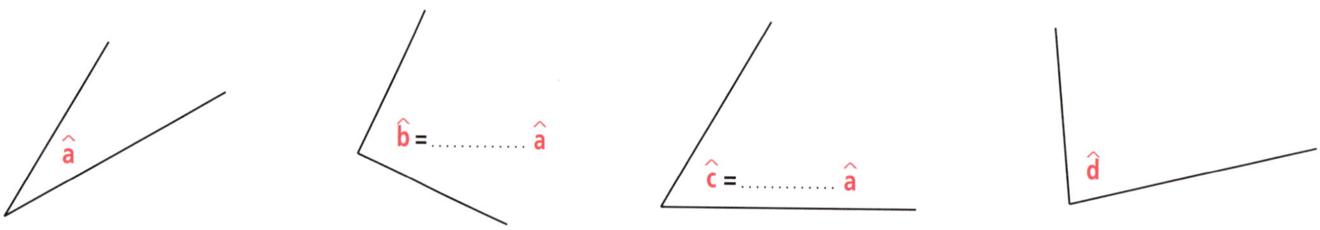

- **Peux-tu évaluer la mesure de l'angle $\widehat{d}$?** (toujours avec l'angle $\widehat{a}$ pris comme unité).

....

Il existe un instrument appelé rapporteur qui permet de déterminer la mesure d'un angle sans avoir à utiliser un gabarit.

- **Le rapporteur** est un instrument qui sert à mesurer l'ouverture d'un angle.
- La valeur d'un angle **se mesure en degrés** ; le degré est une unité notée : °.

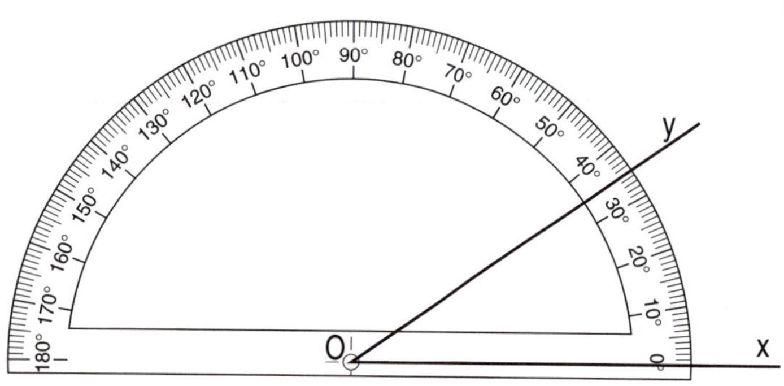

- **Pour mesurer un angle à l'aide d'un rapporteur :**

① On fait coïncider **le sommet** de l'angle avec le **centre** du rapporteur (cela peut être un petit trou, une encoche, un trait vertical, un bouton...).

② On place **un des côtés** de l'angle sur la **graduation zéro** du rapporteur.

③ On **lit la graduation** qui correspond au **2e côté** de l'angle. Par exemple, sur le dessin ci-contre on a : $\widehat{xOy} = 35°$

- **Quelle est la mesure des angles $\widehat{a}$, $\widehat{b}$, $\widehat{c}$, $\widehat{d}$,** tracés plus haut ?

$\widehat{a}$ = ... $\widehat{b}$ = ... $\widehat{c}$ = ... $\widehat{d}$ = ...

Il existe des oiseaux qui sont capables, grâce à leur cou, de tourner la tête de plus de 180° (**sans bouger leur corps**).

- Et toi, **de combien de degrés pourrais-tu arriver à tourner la tête vers la droite et vers la gauche** ?

....

Entoure les numéros des cas de figure, **où le rapporteur est mal placé**, c'est-à-dire qu'il ne te permet pas de **connaître la mesure de l'angle par simple lecture**.

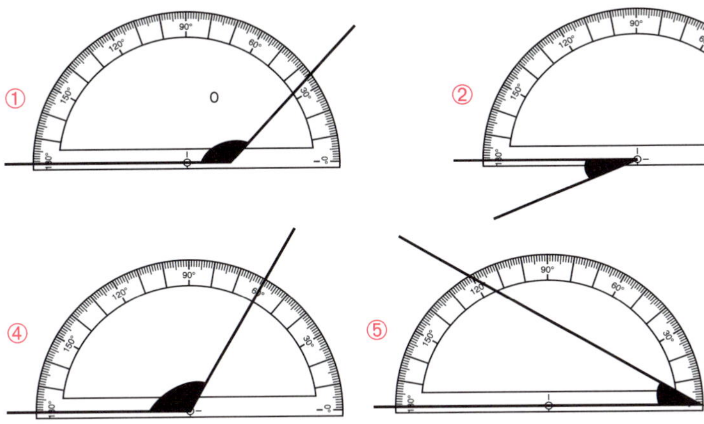

Les angles de mesures égales sont codés avec un même petit signe ; de la même façon que pour des segments de mesures de longueurs égales.

En observant les codages, **nomme tous les angles égaux de cette figure** :

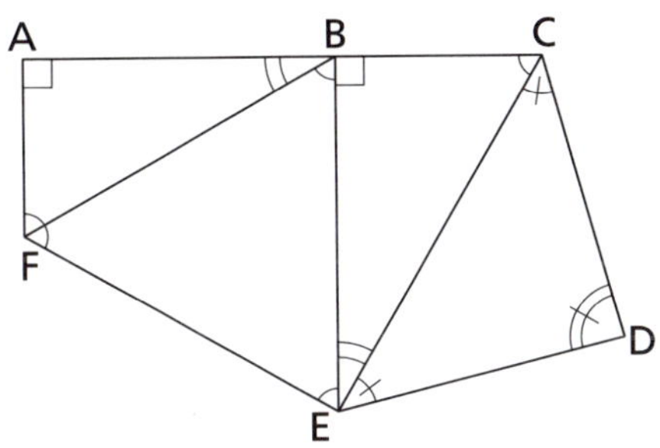

....

....

- À l'aide de ton rapporteur, mesure tous les angles de la figure et vérifie les égalités de mesures d'angle que tu viens d'écrire.

$\widehat{ABF}$ = ...

$\widehat{BFE}$ = ...

$\widehat{FAB}$ = ...

$\widehat{ECD}$ = ...

Construis un angle $\widehat{ABC}$ mesurant 40° et un angle $\widehat{DEF}$ mesurant 140°.

RÉDIGER

En utilisant toutes les informations données par la figure, **penses-tu que les points A, B, C sont alignés ? Explique ta réponse.**

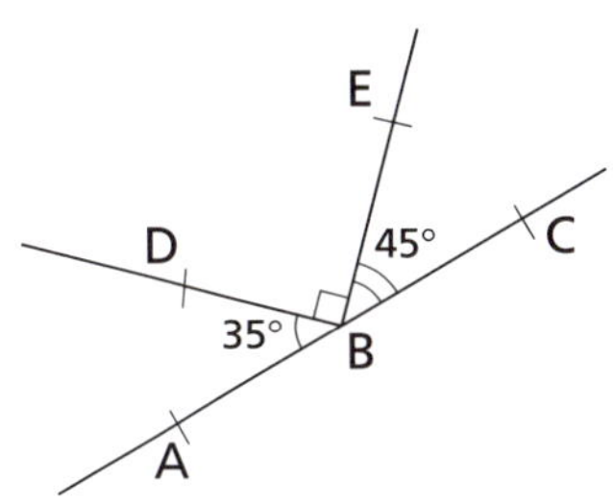

....

....

....

....

Tu sais que les points A, O, E sont alignés, et que **$\widehat{COD}$ = 50° ; tu peux calculer la mesure de l'angle $\widehat{BOC}$. Explique comment.**

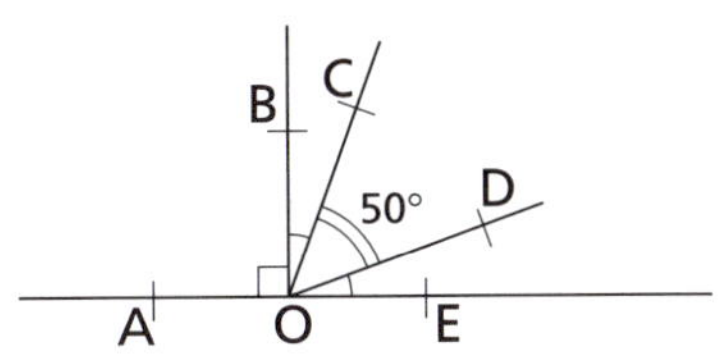

....

....

....

....

9 Utiliser des patrons de pavés

COMPRENDRE

ACTIVITÉ 1

Voici un patron de pavé droit :

- **Marque avec les lettres A B C D E F G H les sommets.**
- **Colorie** de la même couleur **les arêtes qui vont se superposer lorsque le pavé sera construit.**

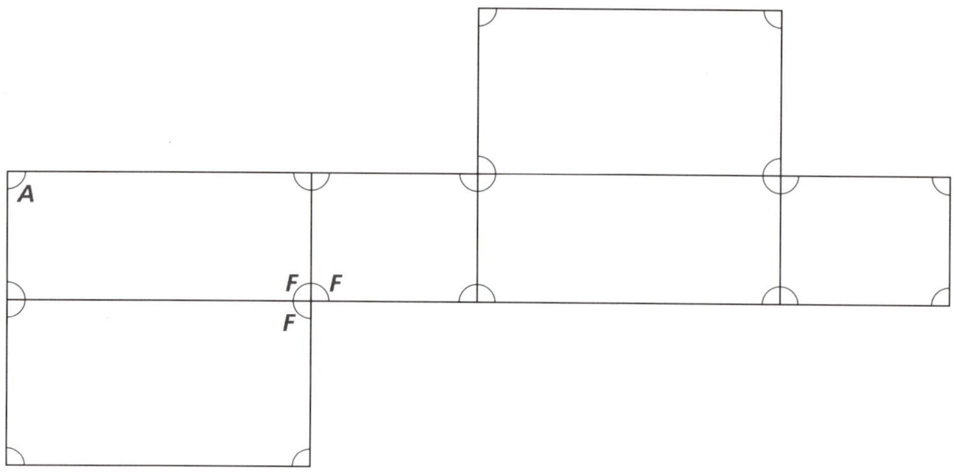

ACTIVITÉ 2

Complète le patron de pavé droit commencé ci-contre, avec deux faces dessinées seulement.

- Penses-tu que les autres élèves de la classe vont dessiner le même patron que toi ?

....

....

- Colorie de la même couleur les faces parallèles.
- Sers-toi de ta règle graduée pour donner les trois dimensions de ton pavé (en cm).

ACTIVITÉ 3

Certaines des figures ci-dessous permettent de construire un cube. **Peux-tu reconnaître les patrons corrects ?**

- **Colorie les numéros des « bons » patrons de cube.**

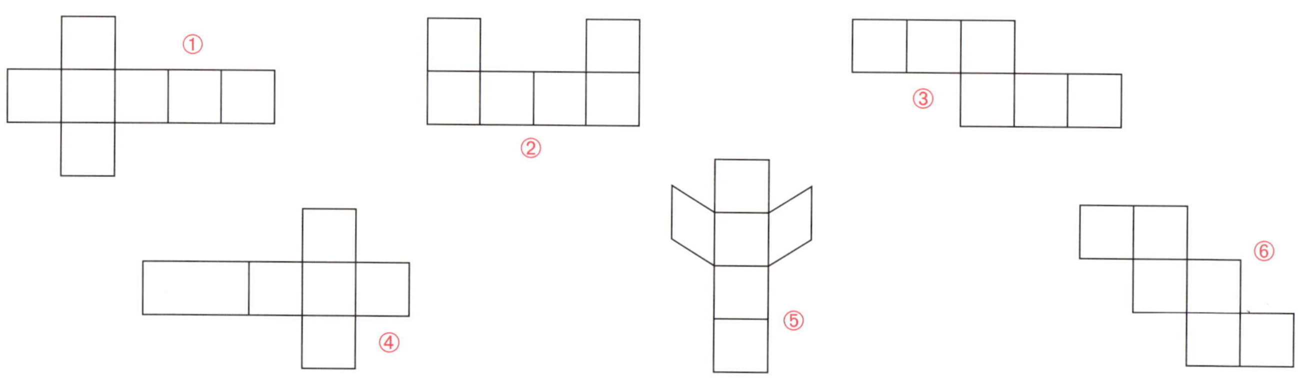

S'EXERCER

EXERCICE 1

Cherche tous les patrons de cube où apparaît une bande de 3 carrés.

exemple

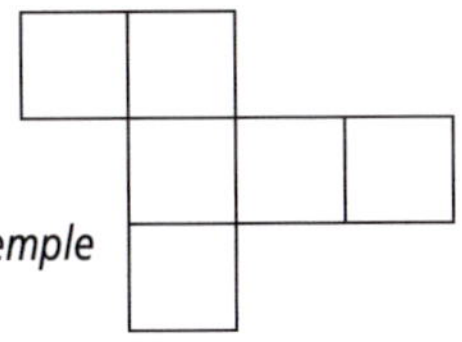

EXERCICE 2

Les patrons de pavé droit ci-dessous sont incorrects, corrige-les le plus simplement possible **pour qu'ils soient corrects.**

❶

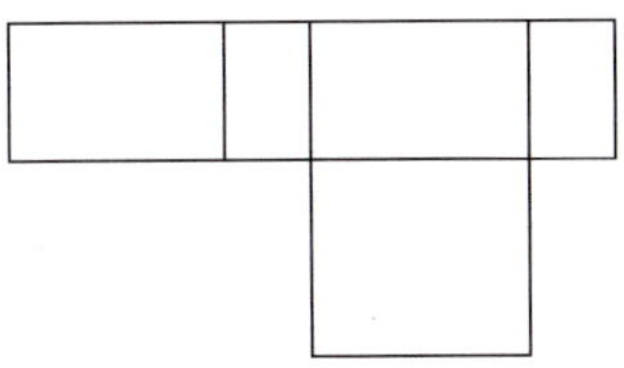

❷

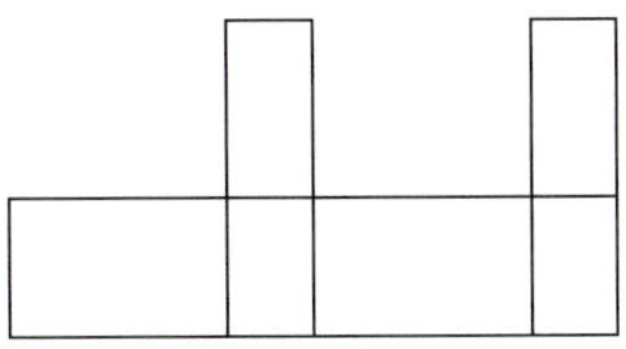

❸

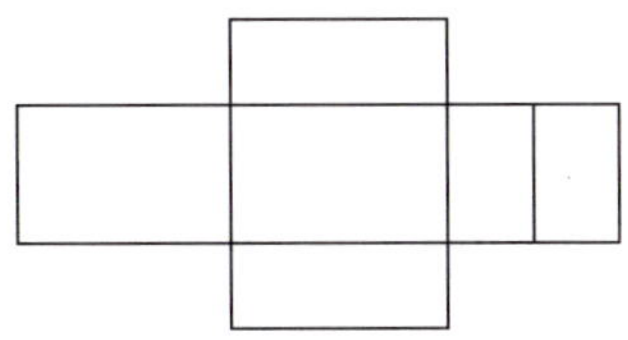

EXERCICE 3

On dit que **deux patrons sont différents s'ils ne peuvent pas être superposés.**

- **Que penses-tu de ces deux-là ?**

....

....

....

....

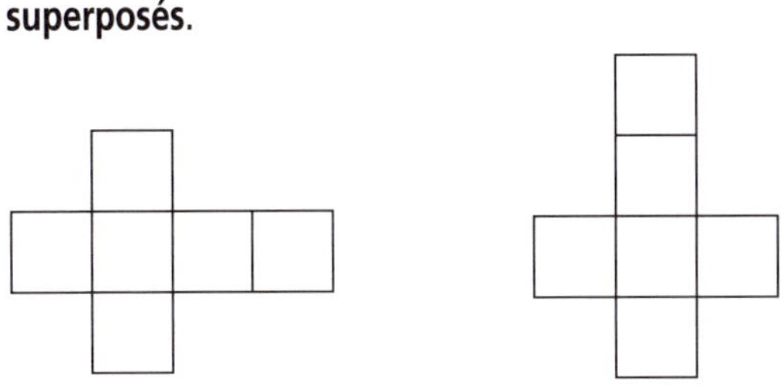

- **et de ces deux-là ?**

....

....

....

....

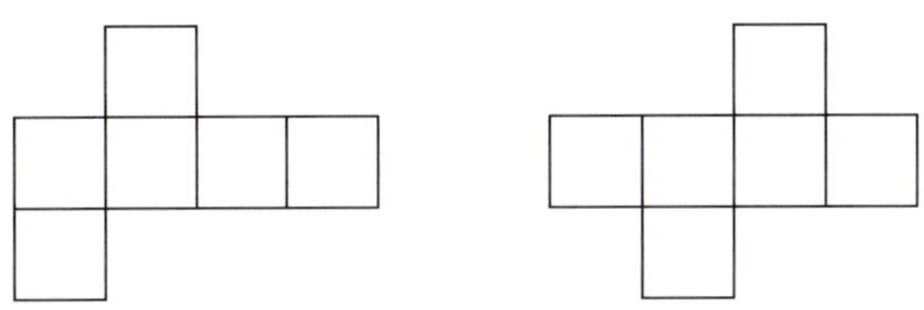

EXERCICE 4

Place les motifs sur le patron de cube dessiné à droite afin qu'il permette de construire un cube **illustré de façon identique à celui que l'on fabriquerait avec le patron dessiné à gauche.**

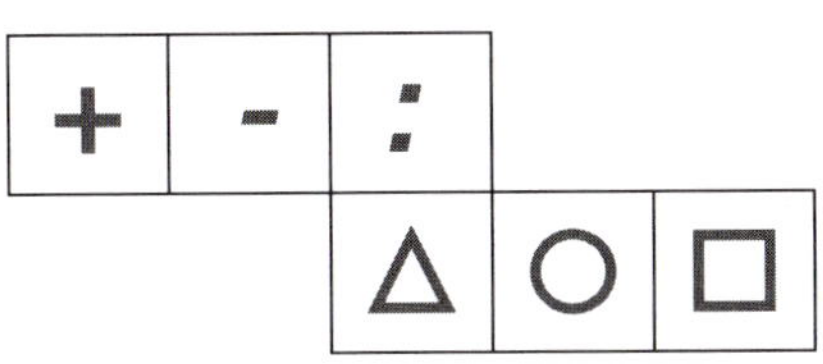

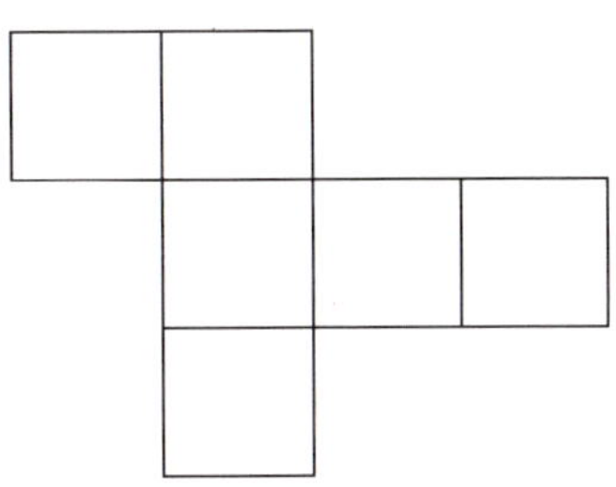

9 Utiliser des patrons de pavés (suite)

CHERCHER

EXERCICE 1

Sachant que dans un dé à jouer, la somme des points marqués sur deux faces opposées est toujours égale à 7.

- **Complète le patron dessiné ci-contre.**

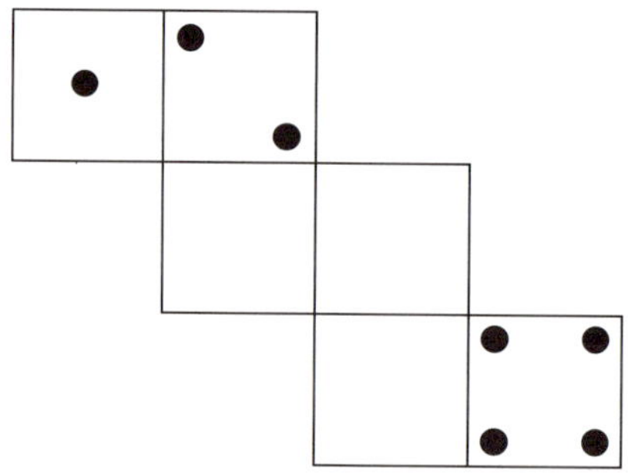

Patron de dé

EXERCICE 2

Imagine qu'une tige traverse un cube, en passant par le centre de deux faces opposées parallèles. **Si ce cube tournait autour de cette tige, on pourrait lire le mot « MATH »**, c'est-à-dire lire dans l'ordre les lettres M, A, T, H.

- **Pour chacun des patrons ci-dessous peux-tu mettre** les bonnes lettres dans les bonnes cases, dans le bon ordre et dans la bonne position.

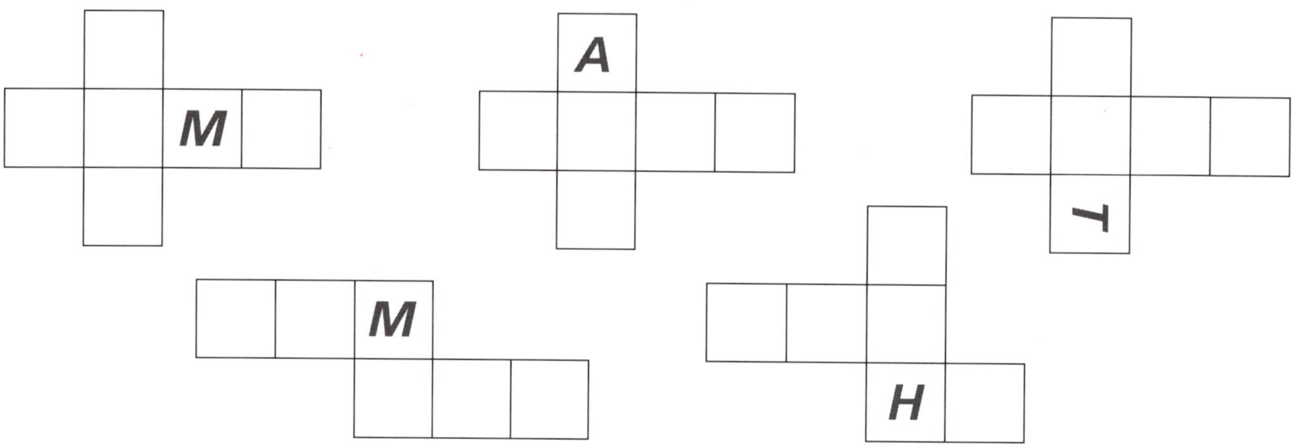

- Tu peux construire ces petits cubes avec des feuilles de brouillon lorsque l'exercice te paraît difficile.

EXERCICE 3

Peux-tu trouver toutes les sommes possibles obtenues en ajoutant les nombres marqués sur deux faces consécutives du pavé construit avec le patron ci-dessous.

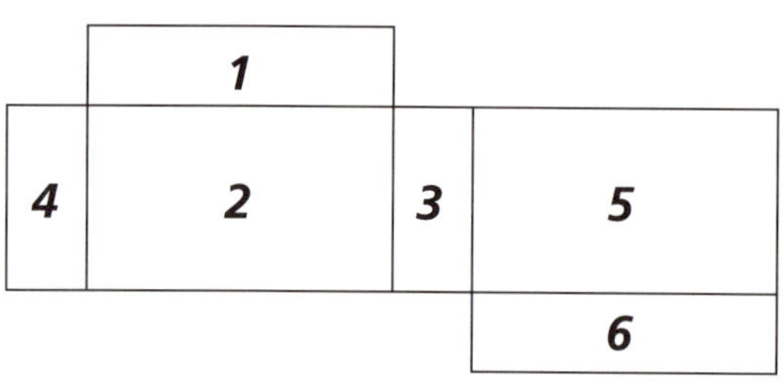

....

....

....

....

....

....

....

RÉDIGER

Une fourmi se trouve au centre d'une face d'un pavé droit, à l'extérieur de ce pavé ; et elle veut atteindre le centre de la face opposée, toujours à l'extérieur du pavé.

- **Sur le patron ci-dessous** qui correspond au pavé droit de notre petit problème, **dessine un chemin possible pour notre fourmi.**
- Il existe différents chemins possibles ; essaie de **tracer d'une autre couleur, sur le patron, le plus court de ces chemins, en expliquant pourquoi c'est le plus court**, en bas de cette feuille.

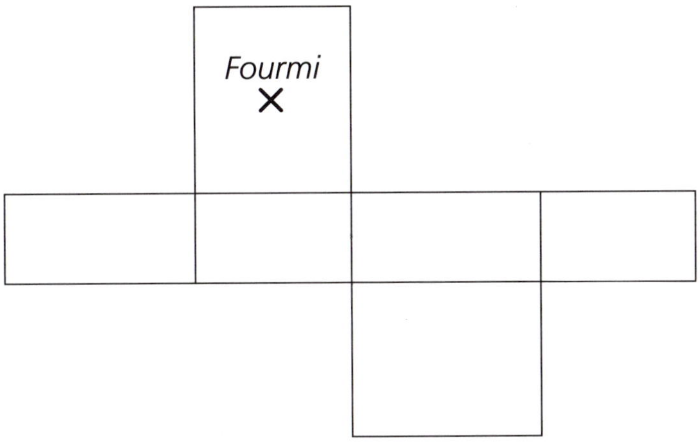

....

....

....

....

....

Tu as trouvé sur le patron précédent un chemin plus court que les autres, mais est-ce que c'est le plus court dans la réalité ?

- Avec le patron ci-dessous qui permet de construire le même pavé, **dessine trois chemins possibles, dessine le plus court.**

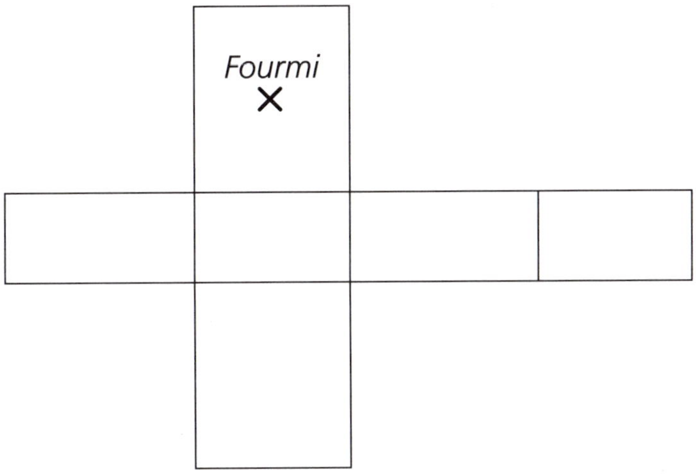

- Penses-tu que cette fois ci, c'est vraiment **le plus court** ? **Explique pourquoi.**

....

....

....

....

....

10 Voir dans l'espace

COMPRENDRE

Pour étudier un objet de l'espace, nous utilisons soit l'objet lui-même, soit sa représentation en perspective cavalière (on dessine l'objet sur un plan), soit son patron.

ACTIVITÉ 1 *De l'objet à une représentation en perspective*

Une table rectangulaire a pour dimensions 2 m, 1 m, 1 m. On a demandé à des élèves de la représenter en perspective cavalière.

a. Quelle représentation te paraît la meilleure parmi les quatre figures suivantes : ....

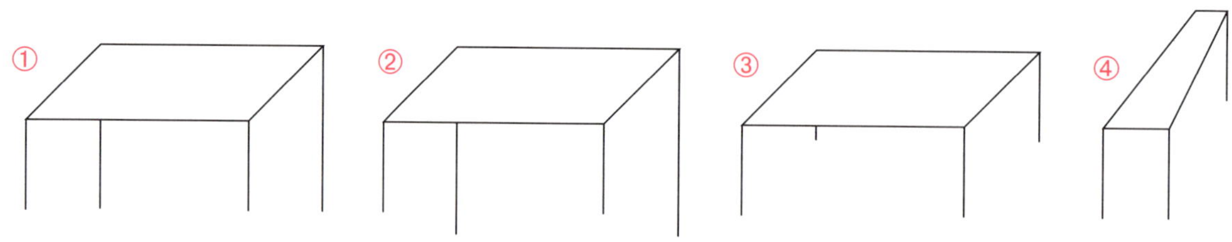

- Explique tes raisons pour garder ou rejeter la représentation ④ :

....

....

....

....

Retiens : si des droites sont parallèles dans la réalité, elles seront .... sur une représentation en perspective cavalière.

b. Sur le plateau de la table, un motif est dessiné.
On a commencé une représentation en perspective cavalière, termine la.

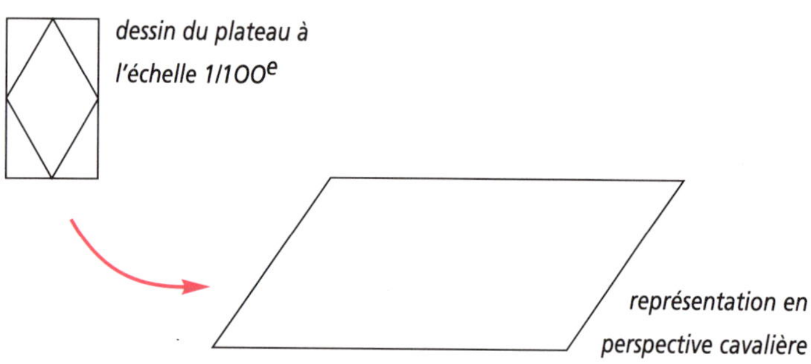

Si un point divise un segment en deux parties égales dans la réalité, alors dans une représentation en perspective ce sera aussi le cas. On dit qu'une perspective cavalière conserve les $\frac{1}{2}$.

De la même façon, elle conserve les $\frac{1}{4}$.

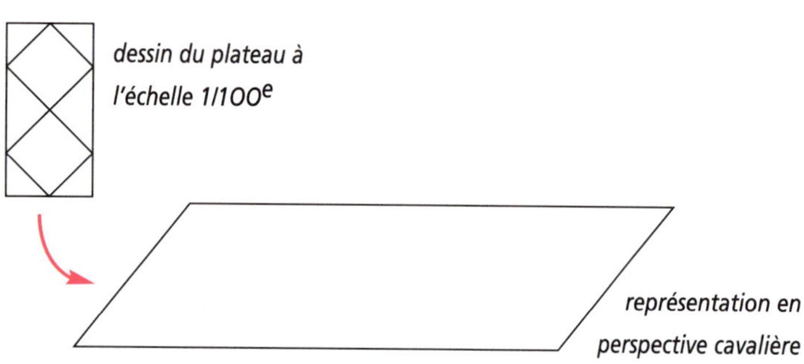

ACTIVITÉ 2 *Représenter un cube*

a. Parmi les représentations ci-contre d'un cube, lesquelles sont ou ne sont pas des représentations en perspective cavalière d'un cube ?

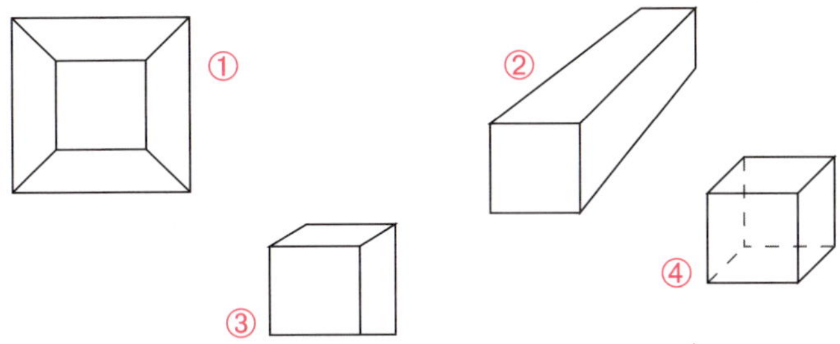

- Pourquoi rejeter les nº ....., ..., ... ?

....

....

....

- Sur la représentation nº 4, peux-tu faire une remarque sur les angles droits :

....

....

....

Complète la phrase :
Une perspective cavalière ...... conserve .... les angles.

b. Parmi les représentations suivantes d'un cube, laquelle te donne le plus l'impression de voir un cube ? ....

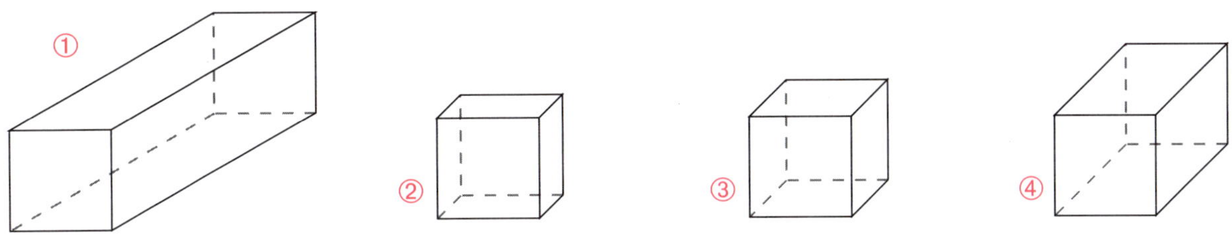

- Pourquoi ?

....

....

....

- Sur le dessin ④, on a représenté les arêtes du cube par des segments ayant tous la même longueur. As-tu l'impression de voir un cube ?

....

....

Complète la phrase :
Une perspective cavalière ...... conserve .... les longueurs.

c. On a représenté un cube. Dans chaque cas, précise si tu le vois de dessus ou de dessous ; s'il est placé sur la gauche ou sur ta droite :

❶

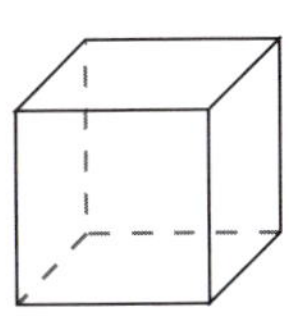

....

....

❷

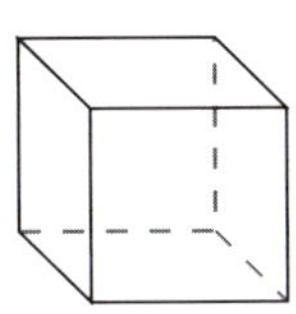

....

....

❸

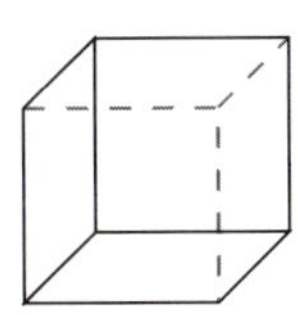

....

....

❹

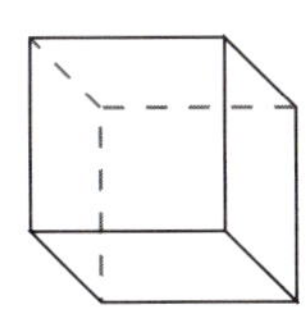

....

....

10 Voir dans l'espace (suite)

ACTIVITÉ 1 — *De la représentation au patron... et inversement*

a. Deux fourmis sur un cube vont de A en G. L'une passe par C, l'autre par le milieu I de [BF].

- Représente en couleur leur trajet sur le patron ci-dessous.

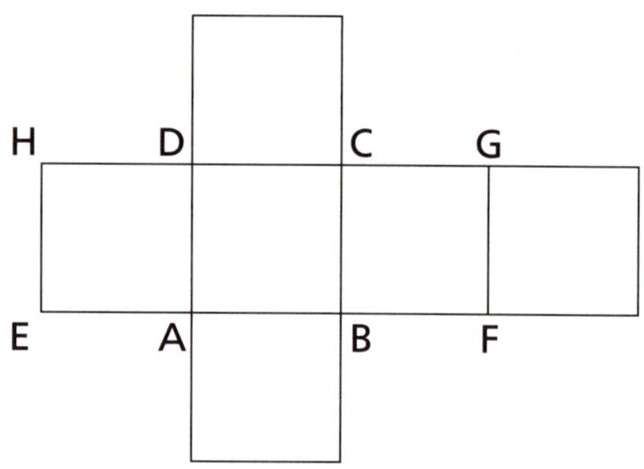

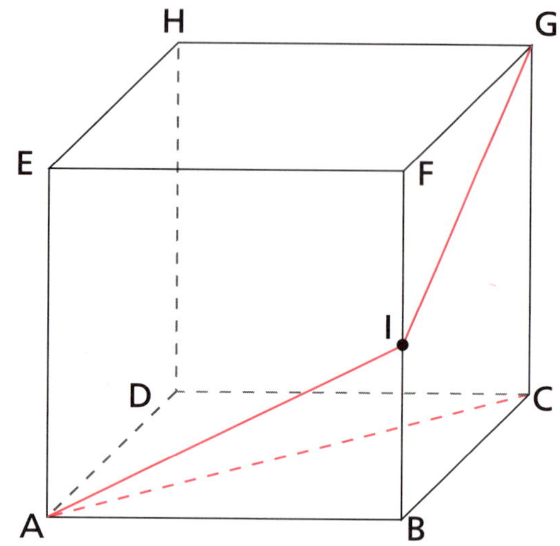

- On nomme J le milieu de [BC]. Explique pourquoi on a : AI + IG = AJ + JG :

....

....

....

- En examinant le patron, réponds à la question :
quel semble être le trajet le plus court ?

....

....

b. Une fourmi part de H, va en ligne droite en D, puis en B, puis en F.
Dessine son trajet sur le patron, sur la représentation en perspective cavalière.
Existe-t-il un trajet plus court pour aller de H en F ? Lequel :

....

....

- Représente-le sur le patron, sur la perspective.

S'EXERCER

EXERCICE 1 — *Du dessin à la réalité*

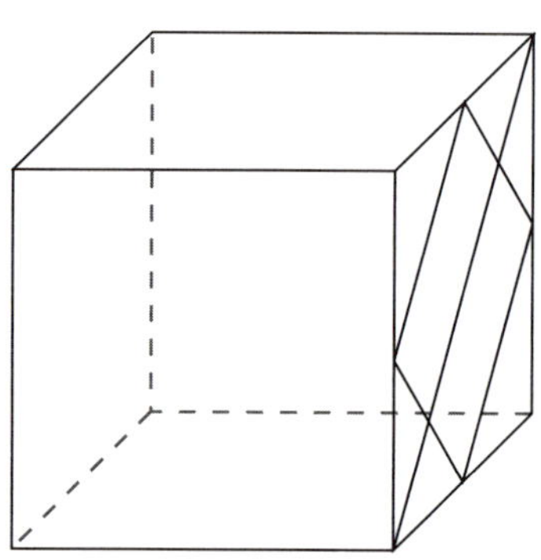

- On a dessiné un motif sur une face latérale du cube. Reproduis ce motif sur la face avant, puis sur la face du dessus.

EXERCICE 2 *Représenter... encore !... et toujours !*

On a commencé à représenter un cube en perspective cavalière.

- Complète ces représentations.

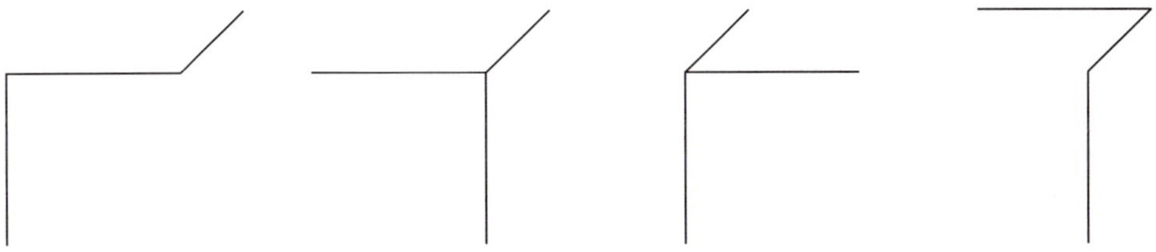

EXERCICE 3

- Observe le dé et trouve les faces opposées.

Sont opposés :
- le .... et le .... ;
- le .... et le .... ;
- le .... et le ....

EXERCICE 4

- Replace sur la représentation en perspective cavalière le chemin dessiné sur le patron.
- Dessine sur le patron le chemin représenté sur la représentation en perspective du cube.

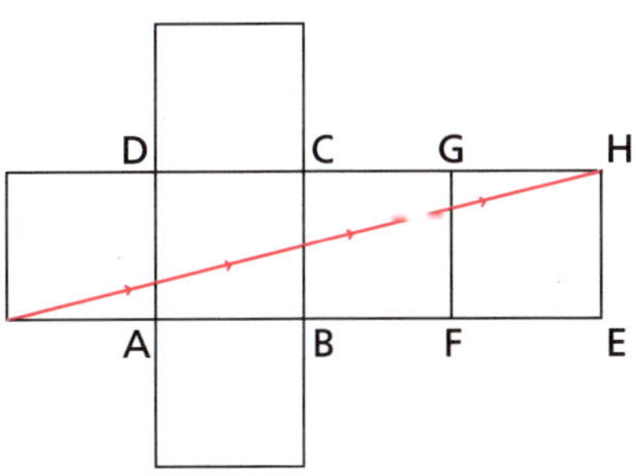

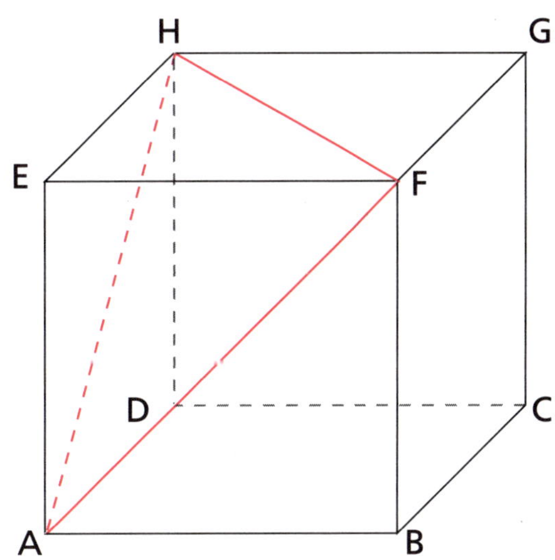

CHERCHER

pour le trajet dessiné ci-dessus sur le cube : de A vers F puis de F vers H puis de H vers A, trouve un autre patron du cube où le chemin se fera sans lever le crayon.

11 Reconnaître des figures qui ont un axe de symétrie

COMPRENDRE

ACTIVITÉ 1 *Tout est dans le creux*

Les figures suivantes sont-elles symétriques par rapport à la droite d donnée ? Dans chaque cas, justifie ta réponse :

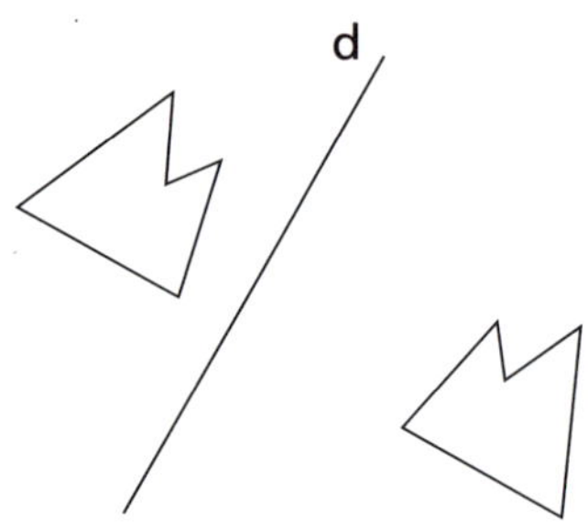

Oui ❐ Non ❐

Pourquoi ? ....
....
....

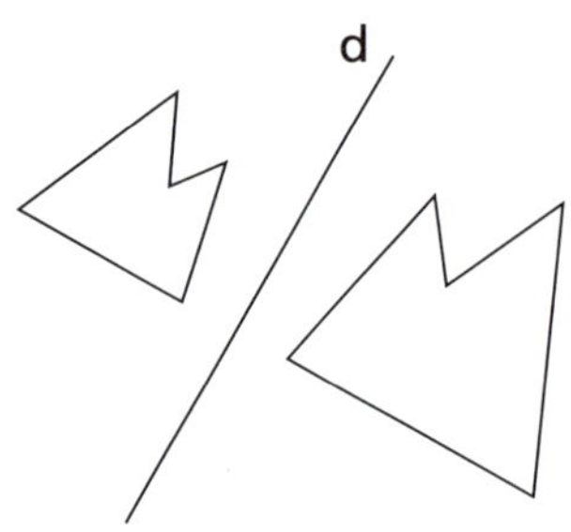

Oui ❐ Non ❐

Pourquoi ? ....
....
....

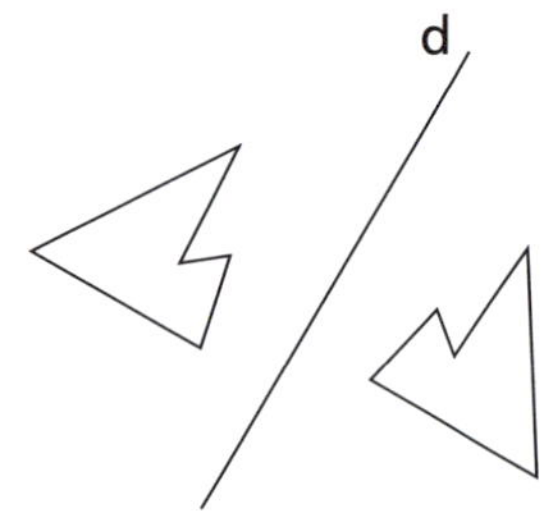

Oui ❐ Non ❐

Pourquoi ? ....
....
....

APPRENDRE

Des figures qu'il faut reconnaître

Il faut lire, comprendre et retenir le tableau suivant :

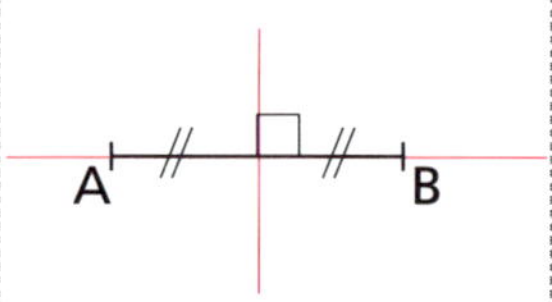	Le segment [AB] a deux axes de symétrie : • la droite (AB), • sa médiatrice.	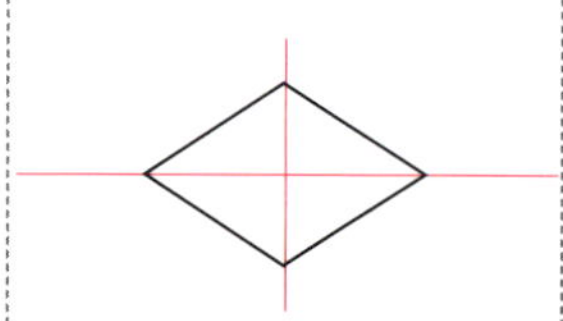	Le losange a deux axes de symétrie : ses diagonales.
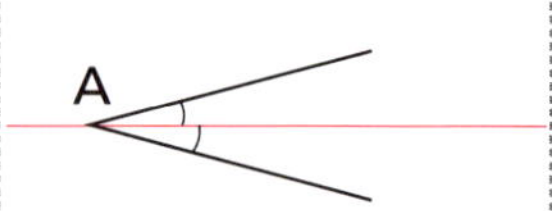	L'angle $\widehat{A}$ a un axe de symétrie : la bissectrice de l'angle $\widehat{A}$.		Le rectangle… aussi mais ce sont, les médiatrices des côtés.
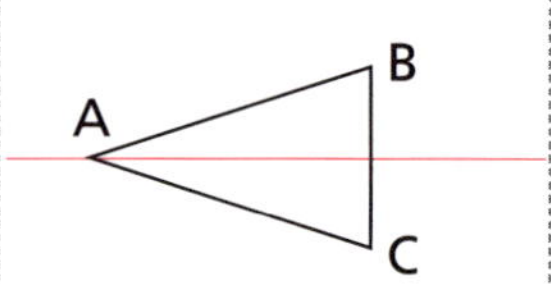	Le triangle ABC isocèle en A a un axe de symétrie : la médiatrice de [BC] qui est aussi la bissectrice de $\widehat{A}$.	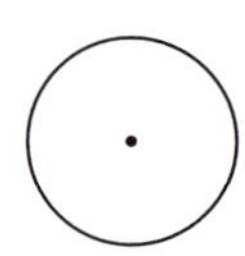	et le cercle… autant que l'on veut, tous ses diamètres sont axes de symétrie.

ACTIVITÉ 2 — *Pour les retrouver dans une grande figure*

a. Les figures ci-contre sont des « assemblages » de figures ayant le même axe de symétrie. Elles ont un axe de symétrie.

- Trace cet axe de symétrie à main levée.

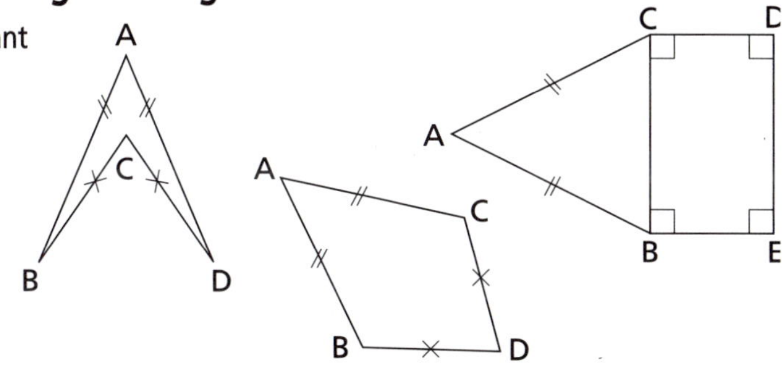

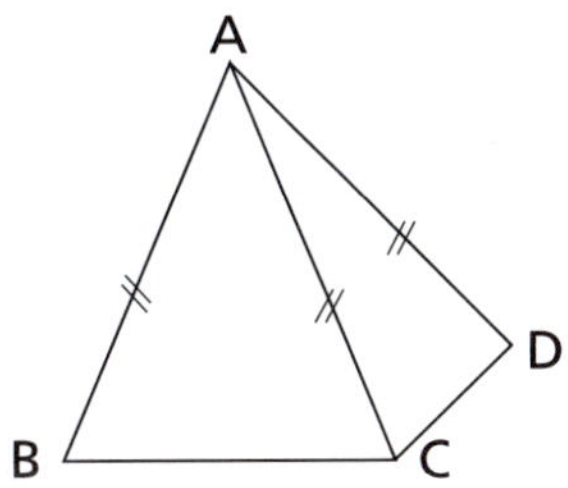

b. Cette figure est un assemblage de figures qui n'ont pas le même axe de symétrie.

- Trace l'axe de symétrie du triangle ABC.
- Trace l'axe de symétrie du triangle ACD.
- Est ce que cette figure a un axe de symétrie ? ....

c.
- Trace l'axe de symétrie du triangle ABC.
- BCDE a-t-il un axe de symétrie ? ....

Cette figure est un « assemblage » d'une figure ayant un axe de symétrie et d'une figure qui n'en a pas.

- A-t-elle un axe de symétrie ? ....

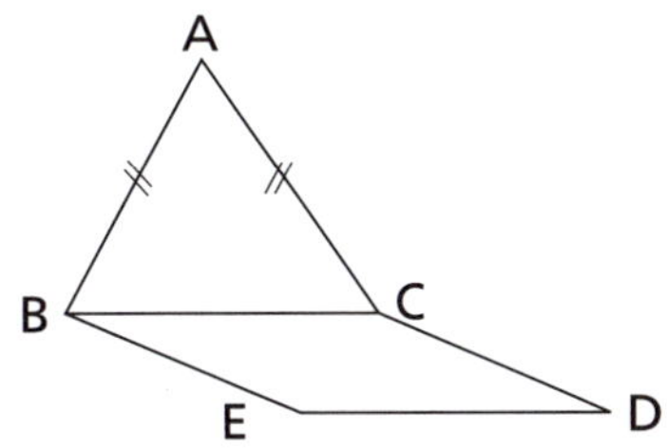

d. Dessine à l'aide de figures ayant un axe de symétrie...

...une figure qui a un axe de symétrie	*...une figure qui n'en a pas*

- Fais vérifier ton travail par ton professeur.

ACTIVITÉ 3 — *Pour les reproduire plusieurs fois*

Voici un motif symétrique appelé chevron.
En le reproduisant plusieurs fois dans différentes positions, on crée des figures.

- Les figures ci-dessous ont-elles ou non un axe de symétrie ? Si oui, trace-le.

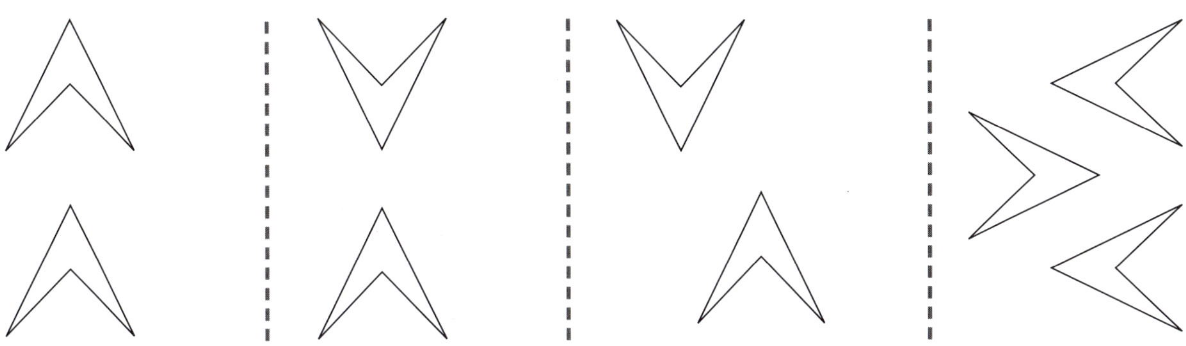

11 Reconnaître des figures… (suite)

- Réalise une figure à trois chevrons…

…qui a un axe de symétrie	…qui n'en a pas

- Fais vérifier ton travail par ton professeur.

S'EXERCER

EXERCICE 1 *Symétrie par rapport à d ?*

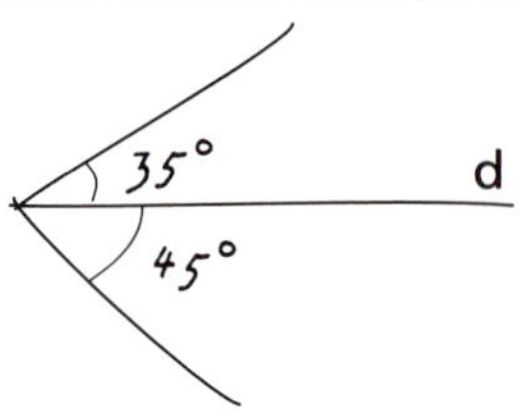

Oui ☐ Non ☐

Pourquoi ? ....
....
....

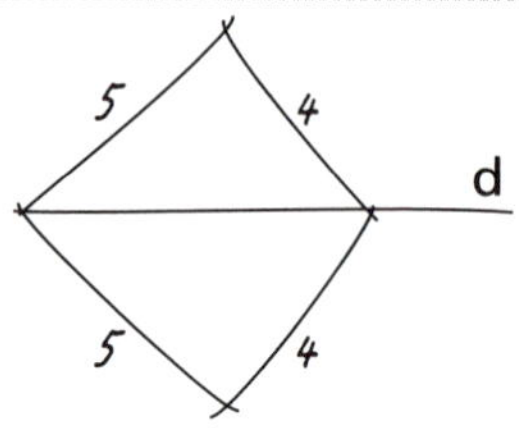

Oui ☐ Non ☐

Pourquoi ? ....
....
....

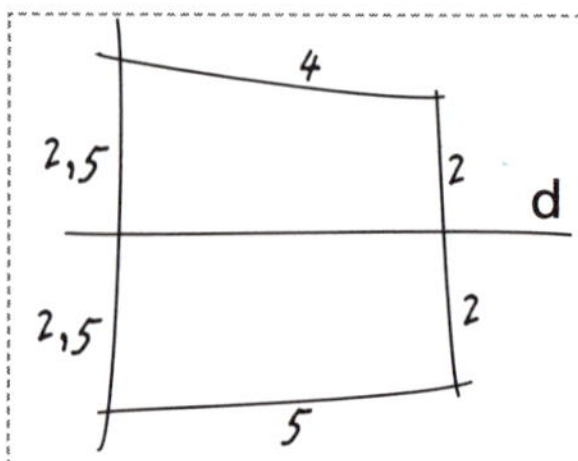

Oui ☐ Non ☐

Pourquoi ? ....
....
....

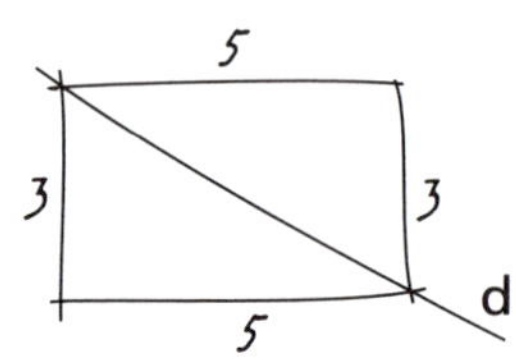

Oui ☐ Non ☐

Pourquoi ? ....
....
....

EXERCICE 2

Explique pourquoi les figures ont ou n'ont pas d'axe de symétrie.

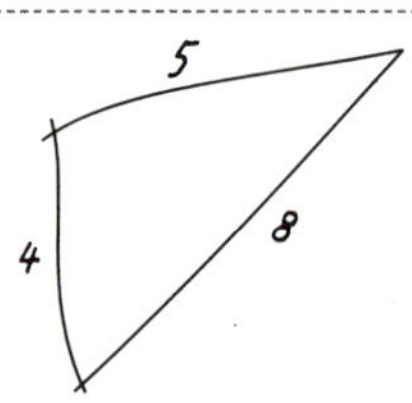

Explication ....
....
....
....

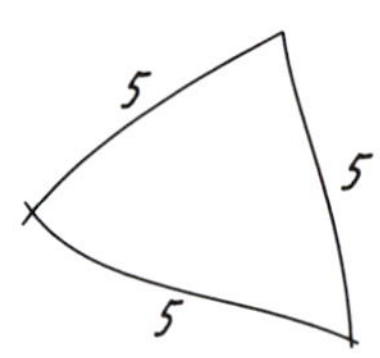

Explication ....
....
....
....

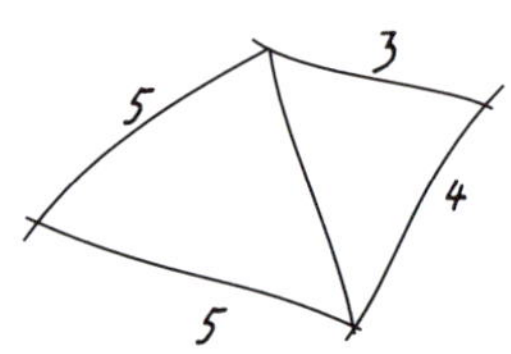

Explication ....
....
....
....

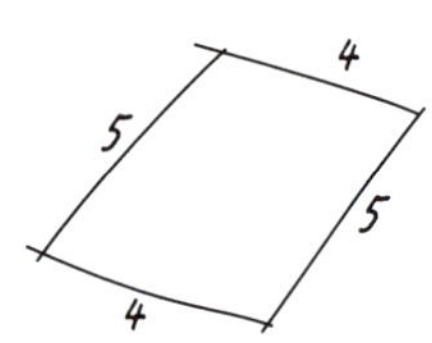

Explication ....
....
....
....

EXERCICE 3

Les « assemblages » suivants ont-ils un axe de symétrie ?

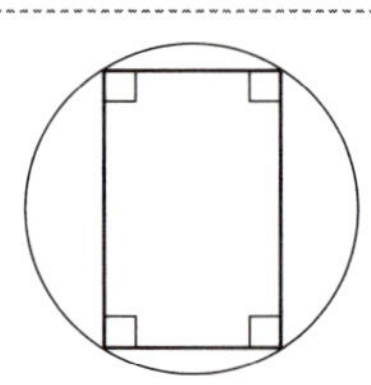

Oui ☐ Non ☐

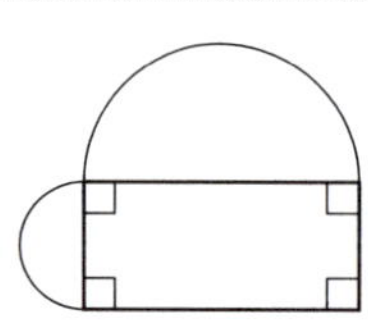

Oui ☐ Non ☐

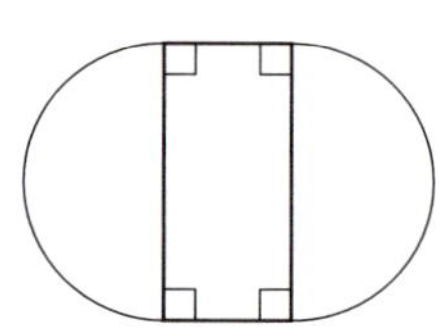

Oui ☐ Non ☐

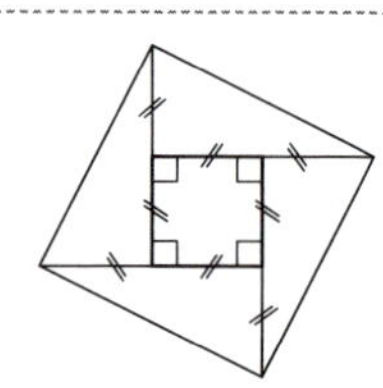

Oui ☐ Non ☐

EXERCICE 4

- Les « répétitions » semblent-elles symétriques par rapport à une droite ?

Oui ☐ Non ☐

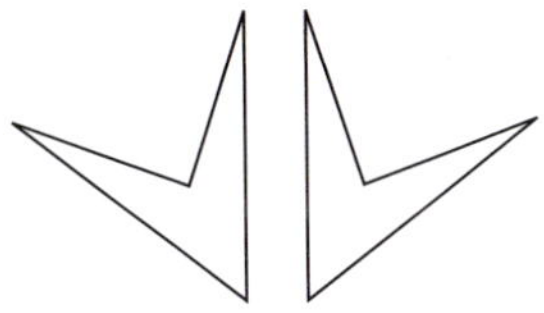

Oui ☐ Non ☐

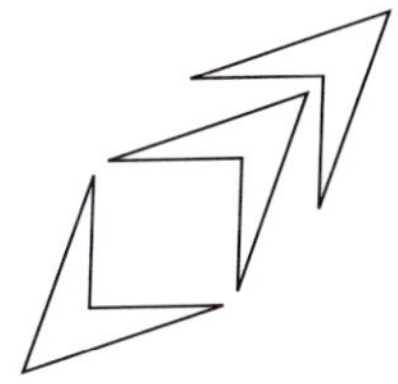

Oui ☐ Non ☐

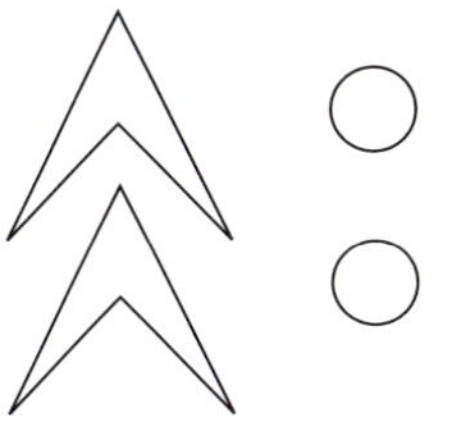

Oui ☐ Non ☐

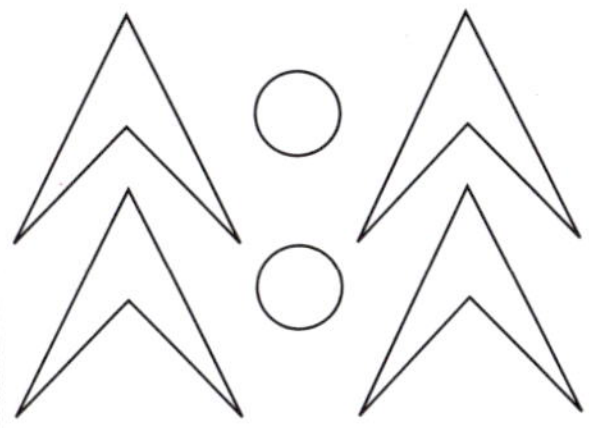

Oui ☐ Non ☐

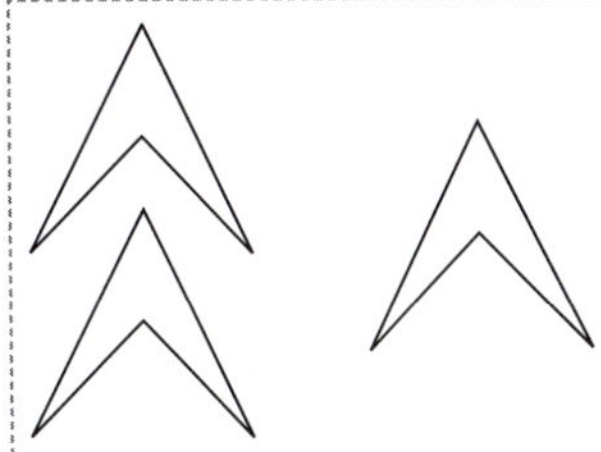

Oui ☐ Non ☐

CHERCHER

On veut démontrer que la figure ci-contre a pour axe de symétrie la droite (EA).

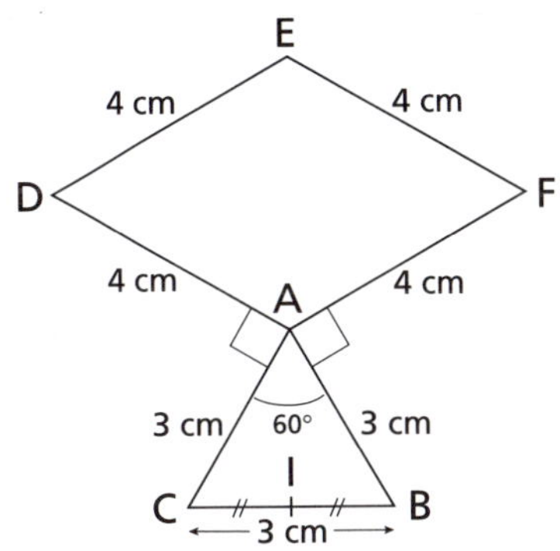

- Marc propose le raisonnement suivant : « *Les points E, A et I sont sur une droite d. EDAF est un losange qui a pour axe de symétrie cette droite d. ACB est un triangle isocèle qui a aussi pour axe de symétrie d, donc la figure a d pour axe de symétrie* ».

- Que penses-tu de ce raisonnement ?

....

....

- Antoine dit que l'on ne sait pas que E, A et I sont alignés et veut le démontrer. Il propose la démarche suivante :

◆ calcul de $\widehat{DAI}$

....

....

◆ argument :

....

....

◆ calcul de $\widehat{DAE}$

....

....

◆ argument :

....

....

◆ calcul de $\widehat{CAI}$

....

....

◆ argument :

....

....

◆ calcul de $\widehat{EAI}$

$\widehat{EAI} = \widehat{DAE} + \widehat{DAC} + \widehat{CAI}$

....

....

◆ argument :

....

....

....

◆ **donc E, A et I sont alignés.**

- Complète, sur ton cahier de brouillon le raisonnement d'Antoine.

12 Construire le symétrique d'une figure

COMPRENDRE

ACTIVITÉ 1 — *Le message*

Émilie a reçu un message codé d'un de ses camarades de classe. Elle s'aperçoit qu'il y a une marque de pliure sur les feuilles (en couleur sur les figures).

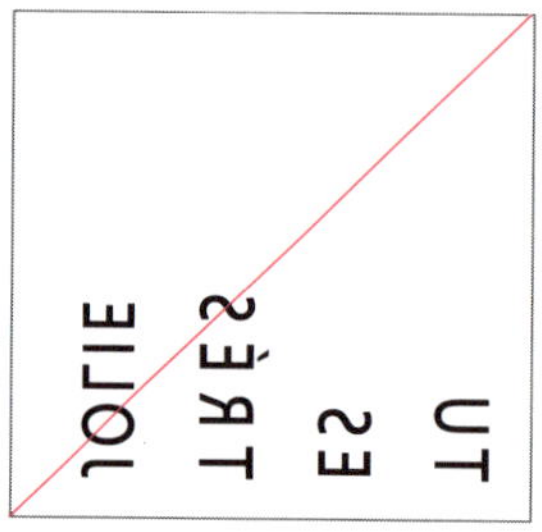

- Aide Émilie à déchiffrer le message : pour cela tu peux reproduire le message sur des feuilles de brouillon.

Elle décide d'envoyer une réponse à son admirateur en utilisant le même procédé.
- Code le message en pliant selon les droites en couleur : tu peux t'aider de papier calque.

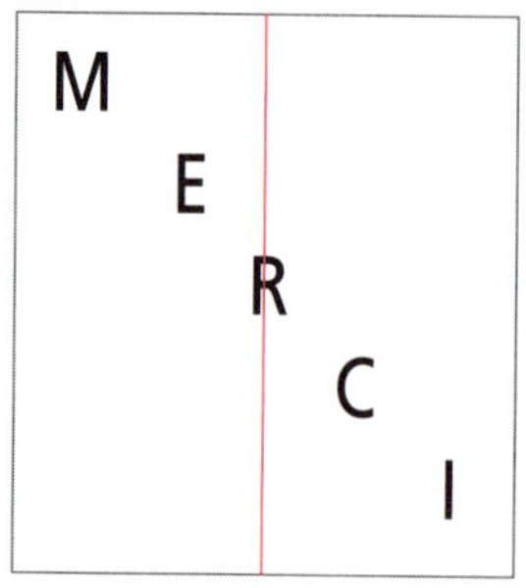

ACTIVITÉ 2 — *Compter pour construire... mais pas toujours*

a. Construis le symétrique du triangle par rapport à la droite d dans les cas suivants : tu t'aideras du quadrillage.

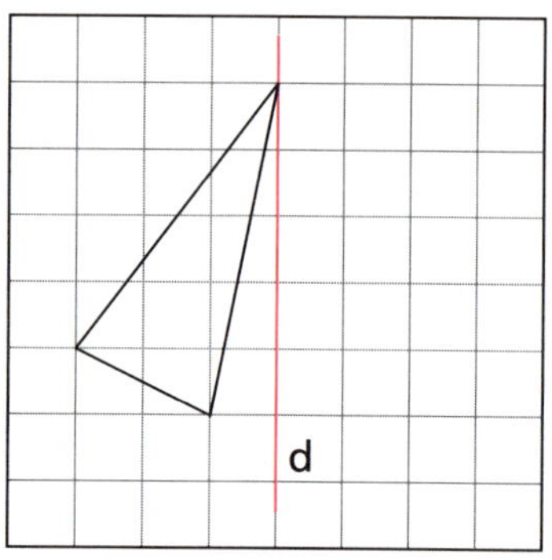

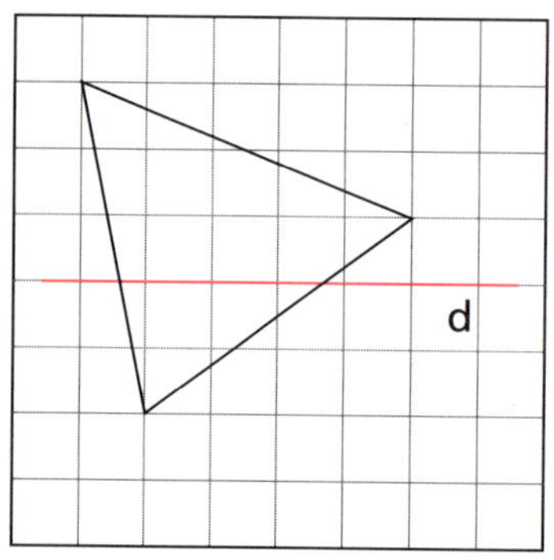

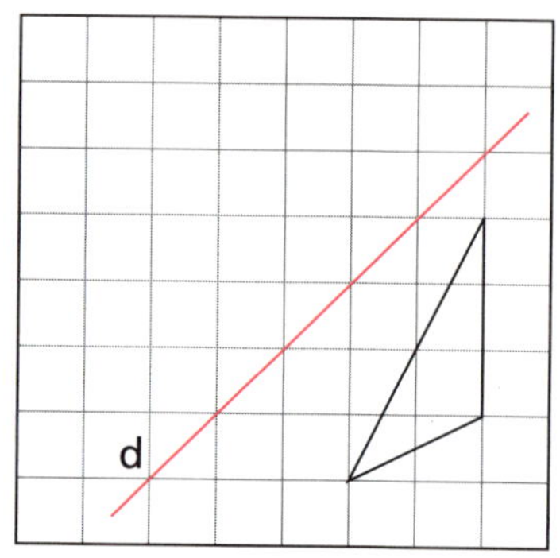

b. Marc pense avoir construit le symétrique du triangle par rapport à la droite d. Il a compté les carreaux.

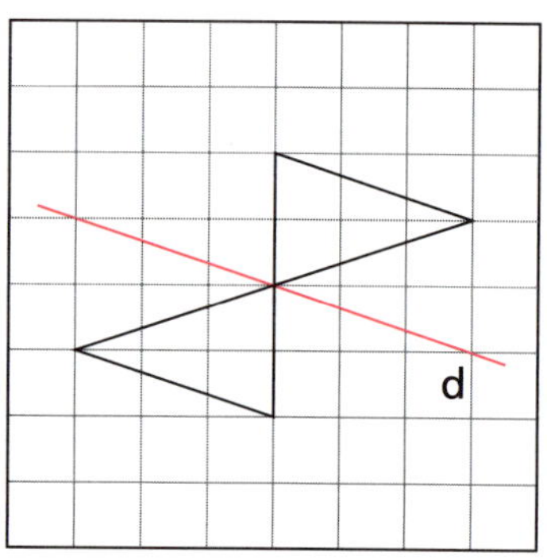

- Vérifie ses comptes :

....

....

....

- Explique à Marc pourquoi les triangles ne sont pas symétriques par rapport à la droite d (tu peux ajouter des constructions sur le dessin).

....

....

....

ACTIVITÉ 3 — Construire avec l'équerre ou la règle (ou le compas)

a. Le procédé

- À propos de la figure ci-dessous, complète les phrases :

A' est le symétrique de A car ....;
B est son propre symétrique car ....;
Le triangle ABA' est isocèle car ....

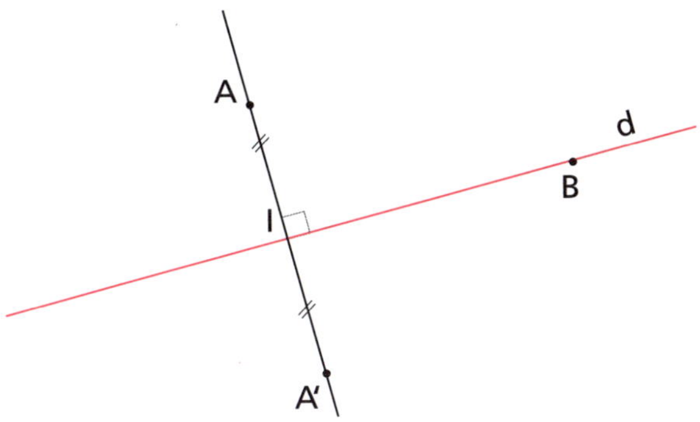

b. • Construis le symétrique de la figure ci-dessous par rapport à la droite d.

- AB coupe la droite d en I. Quel est le symétrique de I ?

....

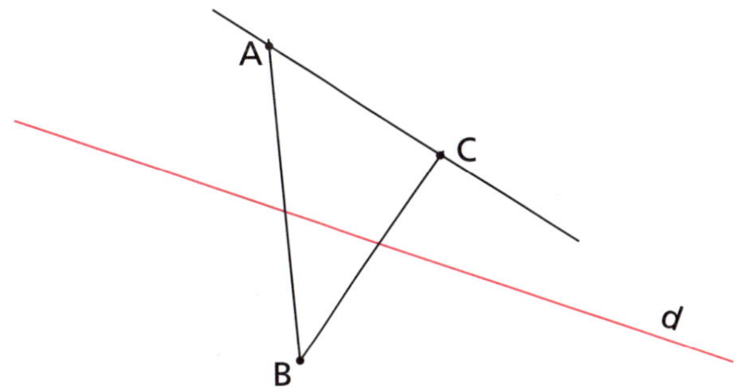

ACTIVITÉ 4 — Construire au compas et à la règle non graduée

a. Le procédé

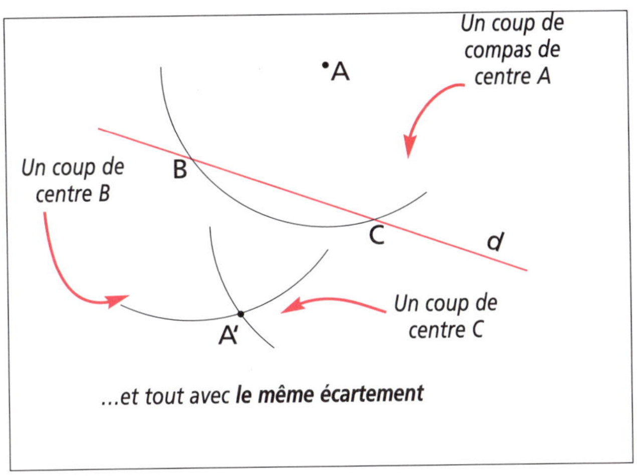

- Que dire du quadrilatère ABA'C ?

....

b. Un autre procédé

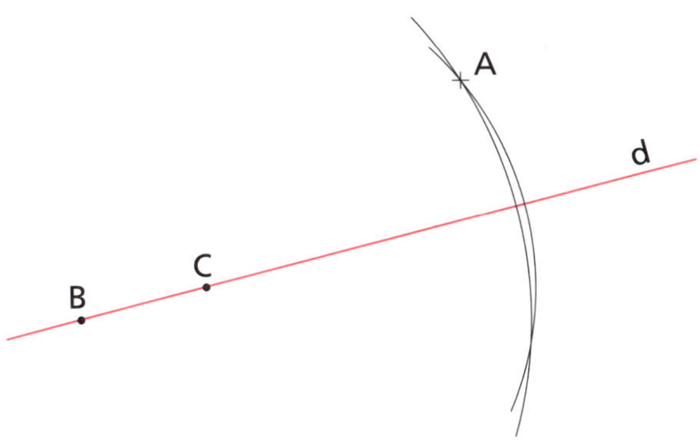

- On choisit deux points B et C de l'axe d.
- On construit les cercles de centre B et C passant par A. Ils se recoupent en A'.

c. • Construis le symétrique de la figure ci-dessous par rapport à la droite d.

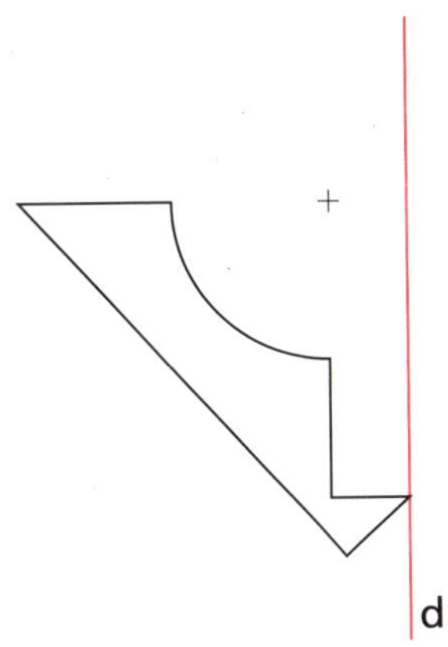

d. • Construis le symétrique de la figure ci-dessous par rapport à la droite d.

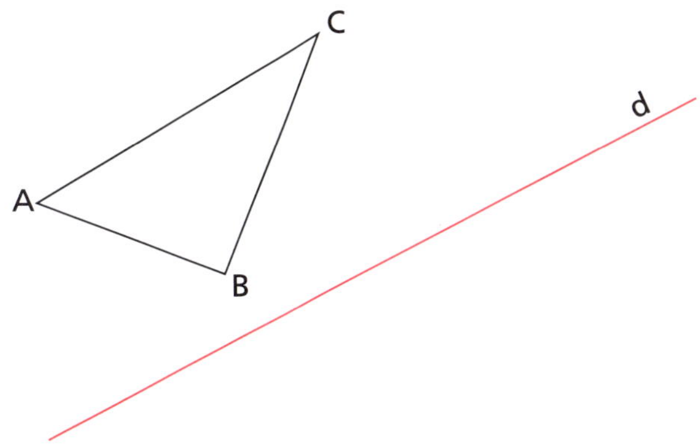

12 Construire le symétrique d'une figure (suite)

S'EXERCER

EXERCICE 1

Qui compte dessine

- Trace le symétrique du triangle par rapport à la droite d.

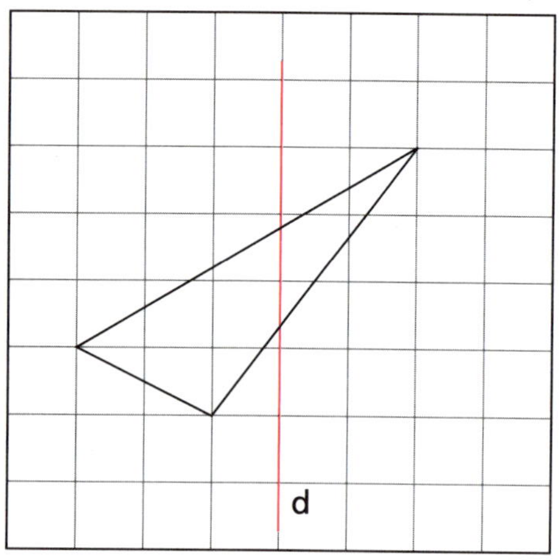

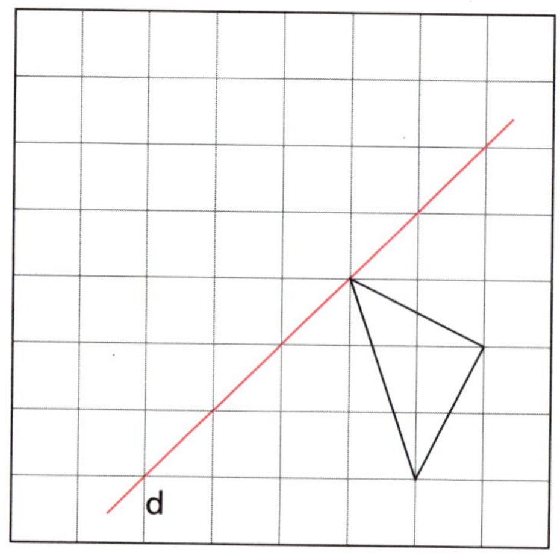

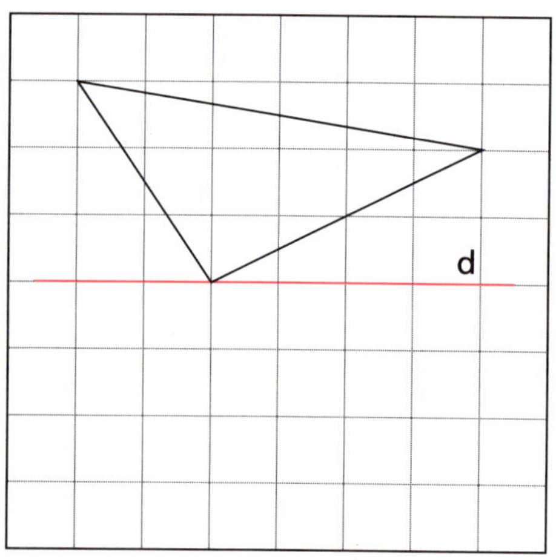

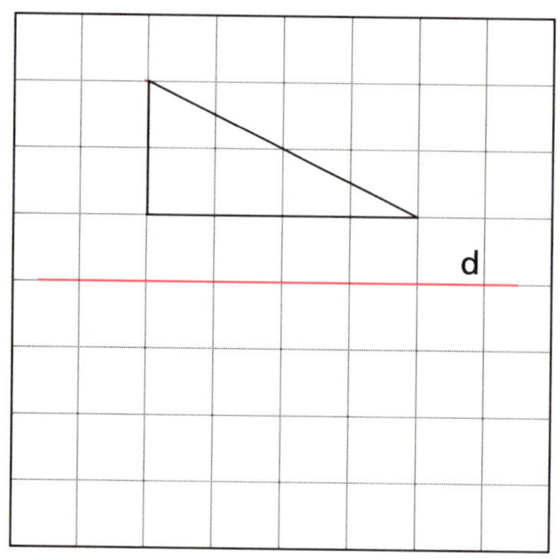

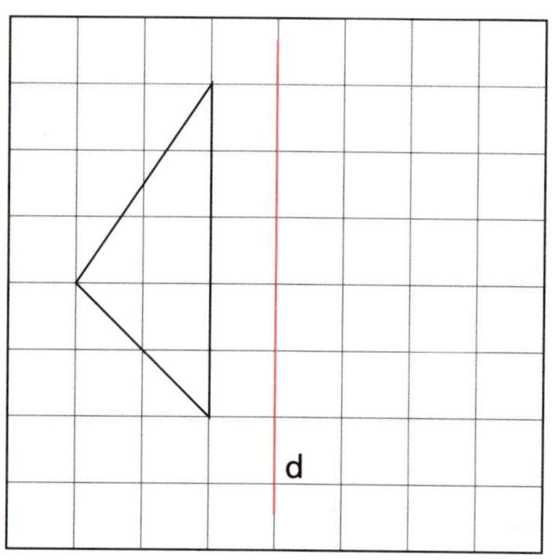

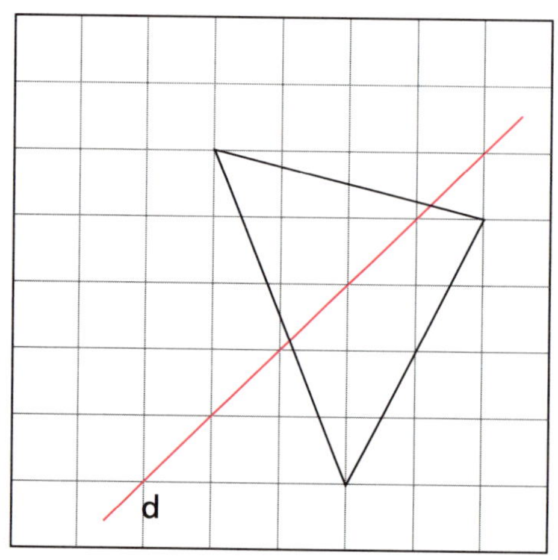

EXERCICE 2

Construire à l'équerre et à la règle graduée (ou au compas)

- Trace le symétrique des figures suivantes par rapport à la droite d.

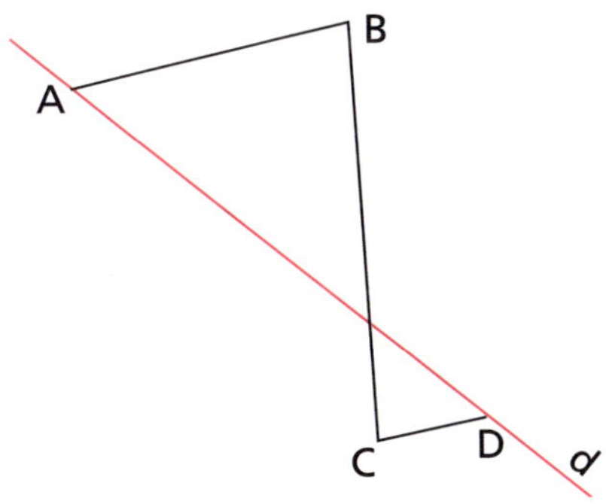

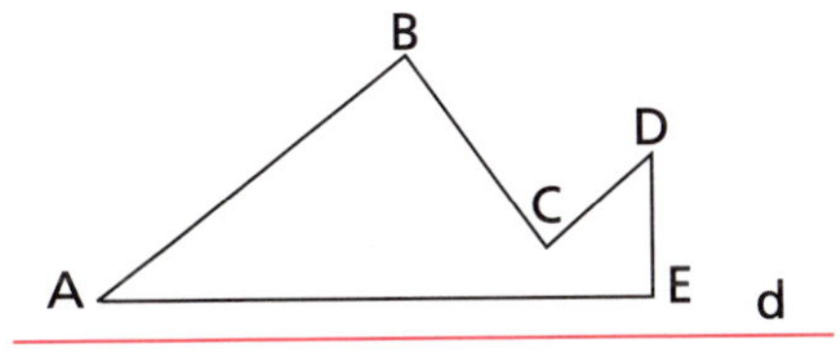

EXERCICE 3

Construire au compas et à la règle

- Trace le symétrique des figures suivantes par rapport à la droite d.

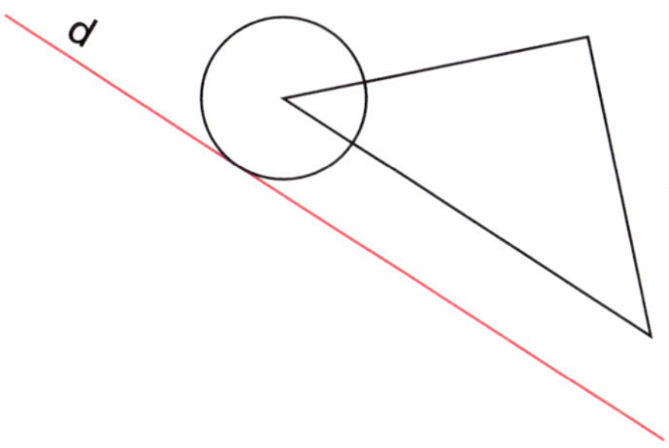

CHERCHER

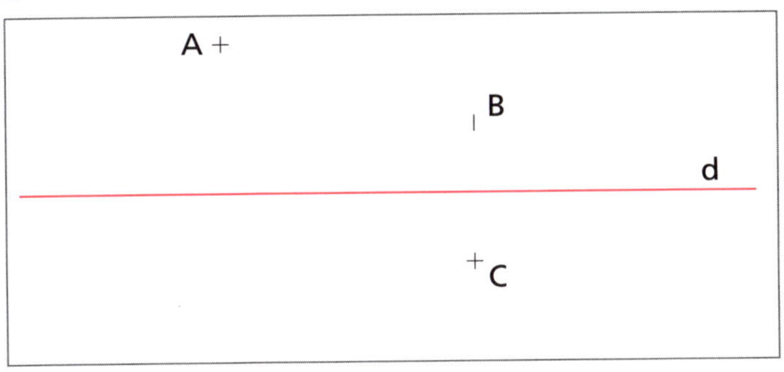

On sait que C est le symétrique de B par rapport à la droite d.

- On veut construire le symétrique de A par rapport à d **en utilisant la règle non graduée seulement.**

Aide : tracer des droites... avec une règle, c'est normal ! et utiliser leurs symétriques.

RÉDIGER

Rédige la construction de l'exercice précédent.

....

....

....

....

13 Tracer l'axe de symétrie d'une figure

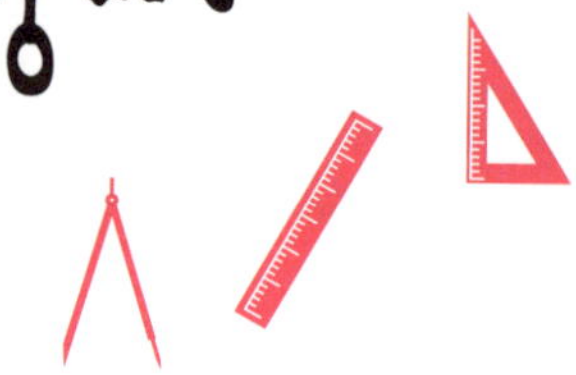

COMPRENDRE

ACTIVITÉ 1 — *Des constructions élémentaires*

a. la médiatrice d'un segment

- le segment [AB] mesure 4 cm. Construis la médiatrice de [AB] **à la règle graduée et à l'équerre.**

- Je ne connais pas exactement la mesure de [CD]. Construis **au compas uniquement** la médiatrice de [CD].

- Quelle figure ayant un axe de symétrie se cache derrière la première construction ? ....
Derrière la seconde ? ....

b. la bissectrice d'un angle

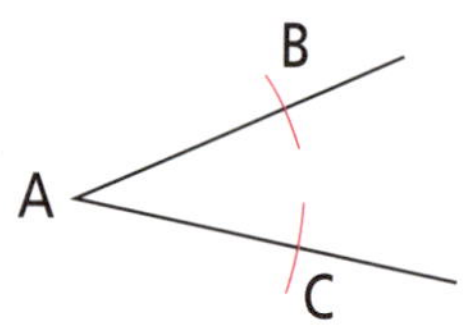

- Achève la construction de la bissectrice de $\widehat{A}$ en ne changeant pas d'écartement de **compas** et en utilisant la **règle.**
- Quelle figure ayant un axe de symétrie se cache derrière cette construction ? ....
- À partir de B et C, on prend un autre écartement du compas. Obtient-on aussi la bissectrice de A ? ....
Pourquoi ? ....

c. Le tracé à la règle d'une droite

Il faut pour tracer une droite connaître deux points. Par exemple la bissectrice de A passe par A et par le point déterminé par nos « coups de compas ». Si en réfléchissant sur une figure, tu trouves deux points de l'axe de symétrie, tu peux tracer cet axe à la règle **sans** construction.

ACTIVITÉ 2 — *Tracés à la règle seule... (et à la tête)*

- Pour chacune des figures, trace à la règle un axe de symétrie puis éventuellement un second.
Explique ce que tu as pensé.

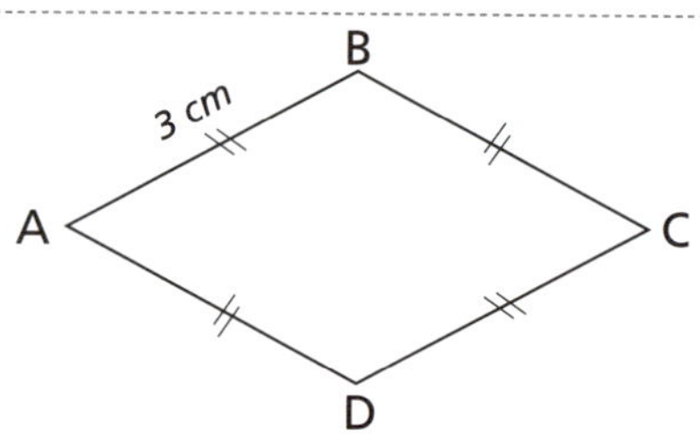

Explication ....

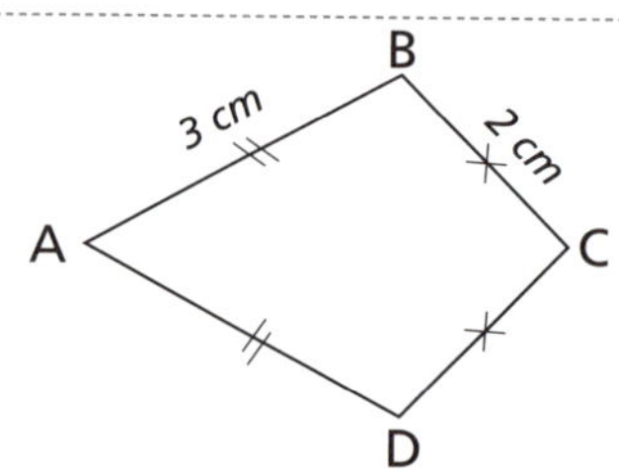

Explication ....

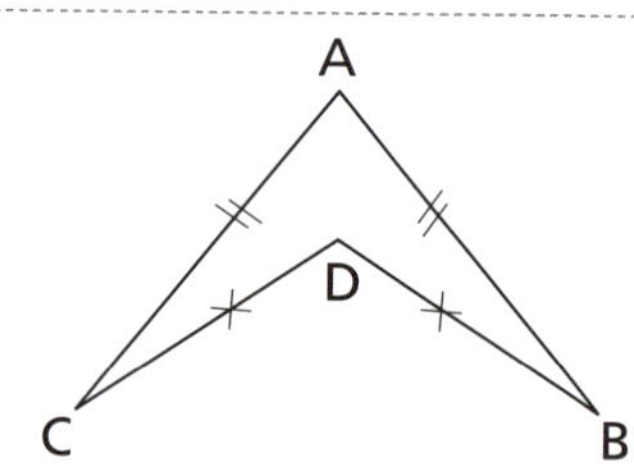

Explication ....

- Que peux-tu dire des triangles ABD et BCD dans chacune des trois figures ?
....
....

- Trace les axes de symétrie de ces triangles. Que constates tu ?
....

ACTIVITÉ 3 — *Tracés avec les instruments*

a. Une erreur fréquente

ABCD est un rectangle. Marc pense avoir tracé en couleur les axes de symétrie de ce rectangle.

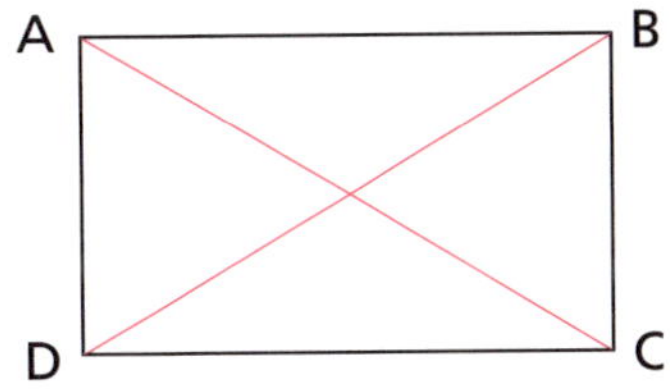

- Qu'en penses-tu ?

....

....

- Trace à la règle et à l'équerre les axes de symétrie du rectangle PQRS.

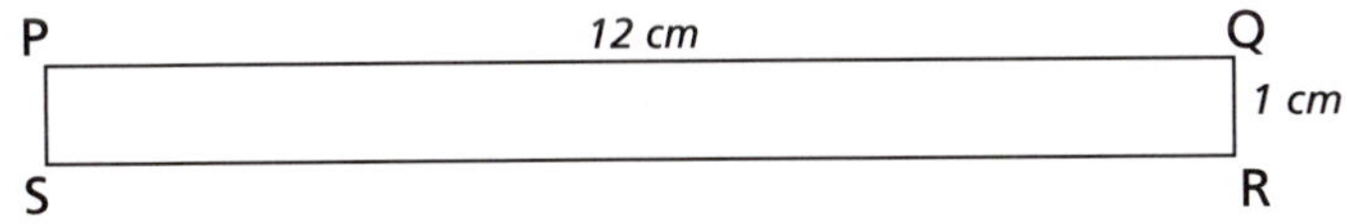

- Penses-tu pouvoir à l'aide de cette figure persuader Marc qu'il a tort ? ....

b. Un coup… la médiatrice à l'équerre

Cette figure a un axe de symétrie.

- Trace-le et justifie ton tracé.

....

....

....

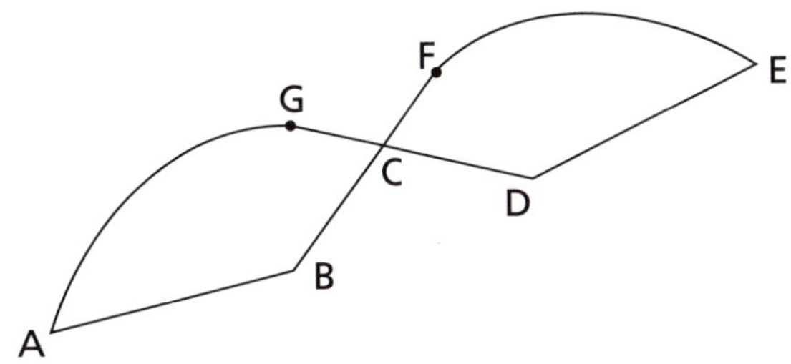

b. Un coup… la médiatrice au compas

La figure ci-contre a un axe de symétrie.

- Construis-le en deux « coups » de compas et un « coup » de règle.

Et n'oublie pas : « la maman des poissons elle a l'œil tout rond » (Bobby Lapointe).

Un point et son symétrique, s'il est différent du premier point, suffisent pour construire l'axe de symétrie d'une figure.

S'EXERCER

① Sur papier quadrillé

Toutes les figures ci-dessous ont au moins un axe de symétrie. Trace cet axe de symétrie.

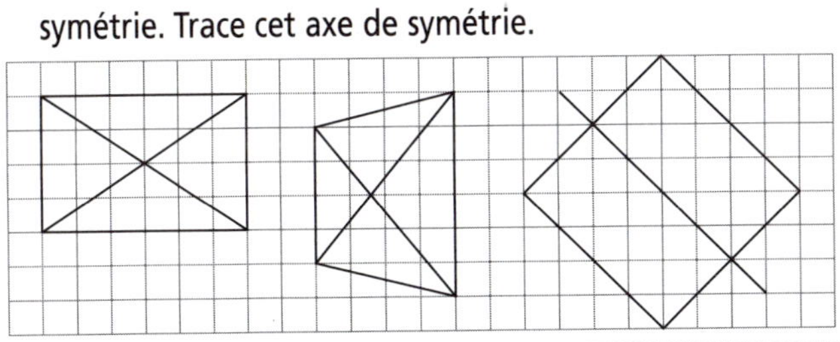

② À la règle

Trace **à la règle seule** l'axe de symétrie des figures.

③ À la règle et à l'équerre

Trace à la règle et à l'équerre l'axe de symétrie des figures.

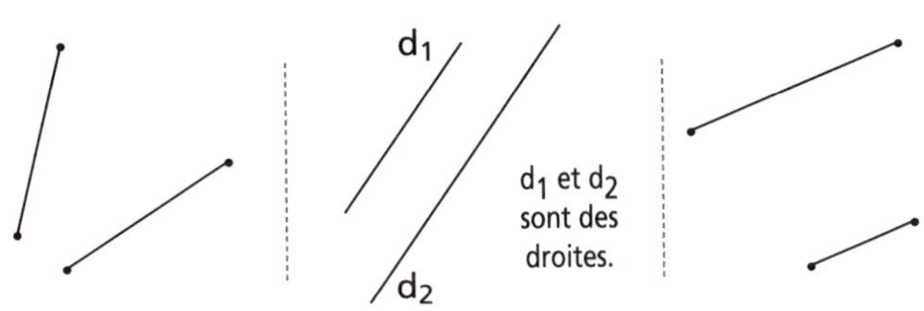

④ Au compas

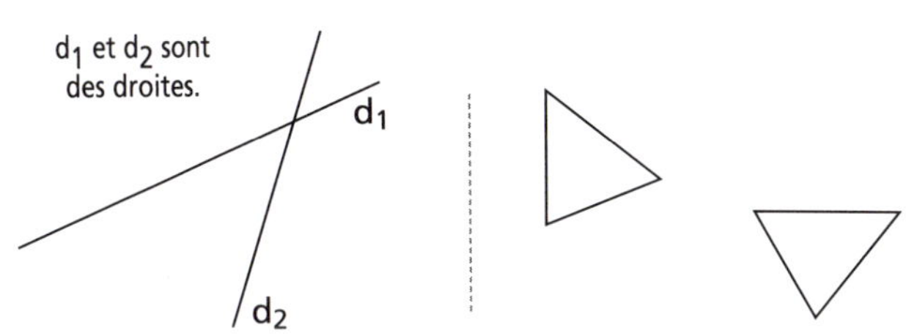

14 Relier la symétrie aux figures usuelles

COMPRENDRE

ACTIVITÉ 1 *Une classification*

- Range chacune des figures suivantes dans une colonne du tableau : triangle quelconque, triangle isocèle, triangle équilatéral, parallélogramme, losange, rectangle, carré, cercle.

Figure sans axe de symétrie	ayant un axe de symétrie	ayant deux axes de symétrie	ayant plus de deux axes de symétrie

Si tu as des hésitations, tu peux relire le début de la fiche 11.

Ici tu vas utiliser la symétrie soit pour étudier une figure, soit pour résoudre un problème de construction.

ACTIVITÉ 2 *Une étude de figure*

Sur la figure ci-contre, le triangle ABC est isocèle en A ; d est son axe de symétrie. La droite (BH) est perpendiculaire à (AC) et coupe d en I. La droite (CI) coupe (AB) en K. On veut montrer que (CK) est perpendiculaire à (AB).

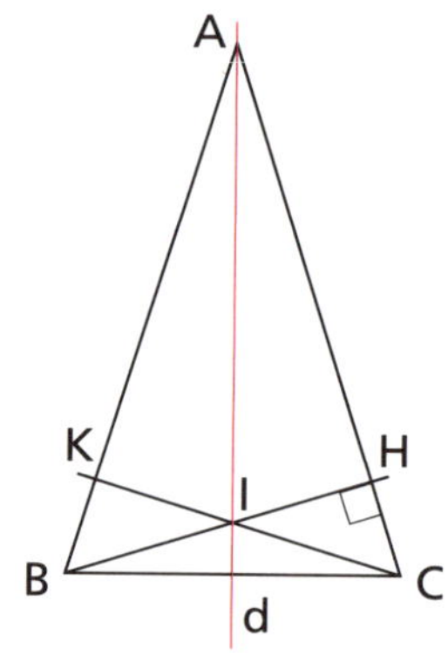

a. la méthode

- Tu vas utiliser la symétrie par rapport à d et montrer que :
la droite (BH) a pour symétrique (CK)
la droite (AC) a pour symétrique (AB).
- Comme on sait que (BH) est perpendiculaire à (AC), on pourra affirmer que (CK) est perpendiculaire à (AB). Pourquoi ?

Réponse ....
....

b. la mise en œuvre

- Explique pourquoi B est le symétrique de C.
....
....
- Explique pourquoi (BI) a pour symétrique (CI).
....
....
- Explique pourquoi (BH) a pour symétrique (CK).
....
....
- Explique pourquoi (AC) a pour symétrique (AB).
....
....

ACTIVITÉ 3 *Un problème de construction*

On a tracé la droite d et le point B.
On veut tracer un triangle ABC isocèle en A, d'axe de symétrie d et tel que AB mesure 5 cm. Avant de faire la construction, réponds aux questions suivantes (pour t'aider dessine un triangle isocèle et son axe de symétrie sur un brouillon).

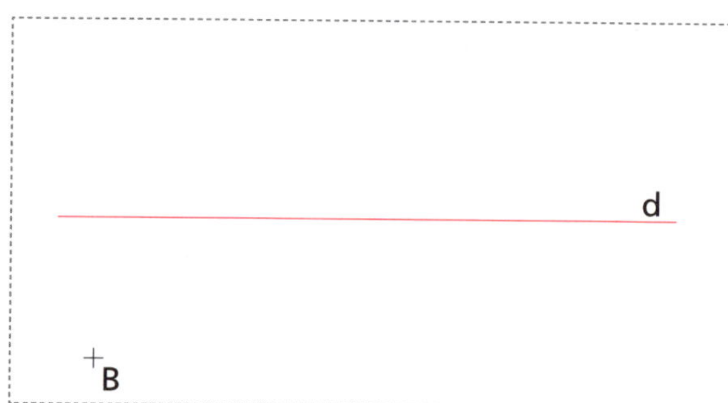

- ABC est isocèle en A d'axe de symétrie d.
Sur quelle droite doit se situer le point A ? ....
- Tu connais le point B et tu sais que : AB = 5 cm, sur quelle figure se situe le point A ? ....
- Avec ces deux renseignements, peux-tu placer le point A (il y a deux choix possibles) ?
- ABC est isocèle en A, d'axe de symétrie d, que peut-on dire de B et C ? ....
....

S'EXERCER

EXERCICE 1 — *Une étude de figure*

Le triangle ABC est isocèle en A ;
d est son axe de symétrie ;
(BH) est la bissectrice de $\hat{B}$. (BH) coupe d en I.

On veut montrer que (CK) est la bissectrice de $\hat{C}$.

- **Énonce la méthode**

« J'utilise la symétrie par rapport à d pour montrer que :

....

....

Comme on sait que ....

.... ».

- **Mets-la en œuvre**

....

....

....

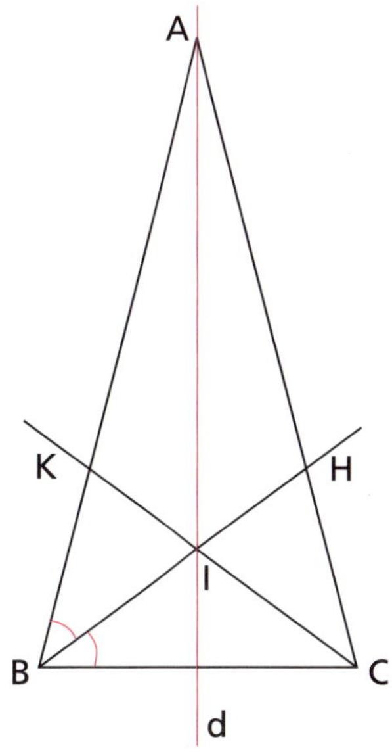

EXERCICE 2 — *Un problème de construction*

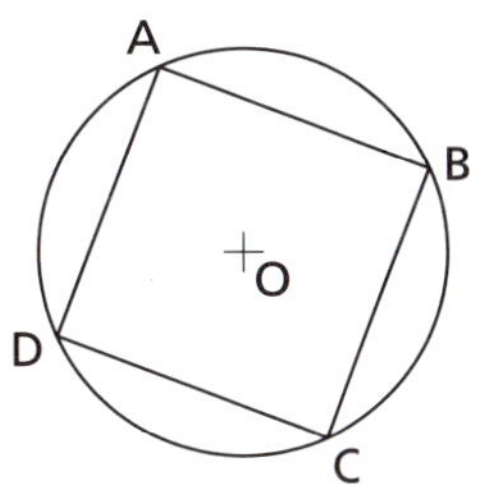

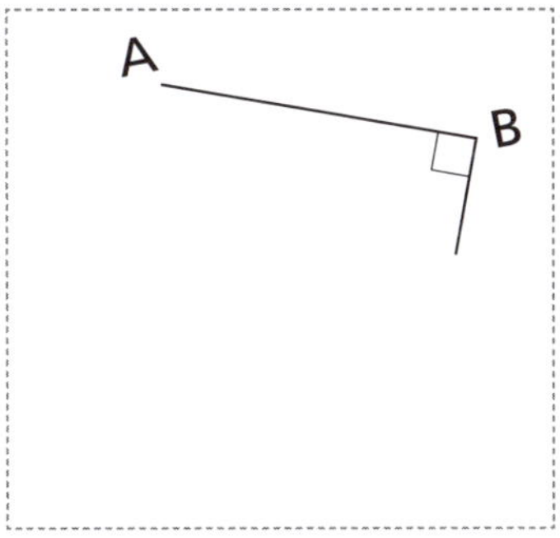

Marie a dessiné une figure composée d'un cercle et d'un carré. Antoine a commencé la construction et... il faut la finir.

- Examine la figure de Marie. Que peux-tu dire du triangle OAB ? ....
- Le point O est donc sur la .... de [AB].
- Que peux-tu dire du triangle ABC ? ....
- Le point O est donc sur la .... de $\hat{B}$.
- Où se situe alors le point O ? ....
- À l'aide des deux renseignements ci-dessus, construis le point O sur la figure d'Antoine et finis celle-ci.

EXERCICE 3 — *Un autre problème*

- Tracer un rectangle ABCD tel que : AB = 6 cm, BC = 4 cm, d et d' sont ses axes de symétrie.
- Rédige sur ton cahier de brouillon la construction du rectangle précédent.

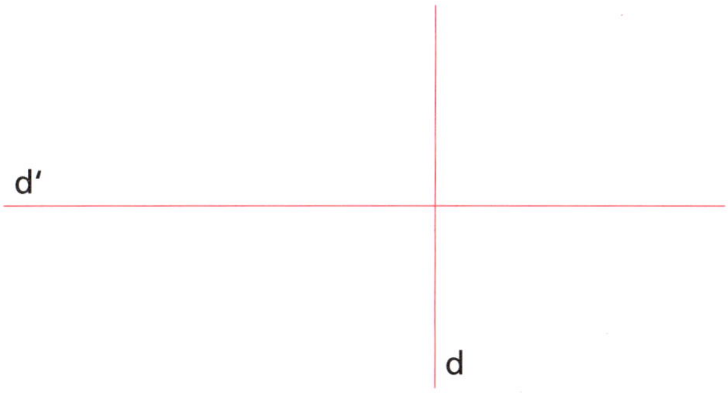

CHERCHER

Le triangle ABC ne tient pas dans le cadre.
On demande pourtant de construire le point d'intersection des droites (AI) et (BJ) et ceci sans faire de constructions en dehors du cadre.

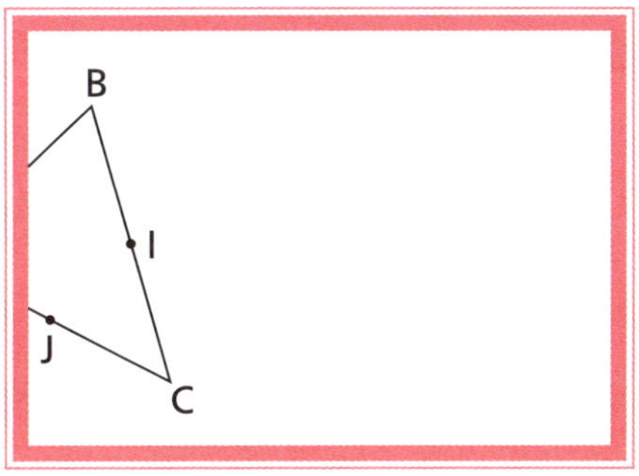

15 Se repérer dans le plan

COMPRENDRE

ACTIVITÉ 1 — À la bataille navale

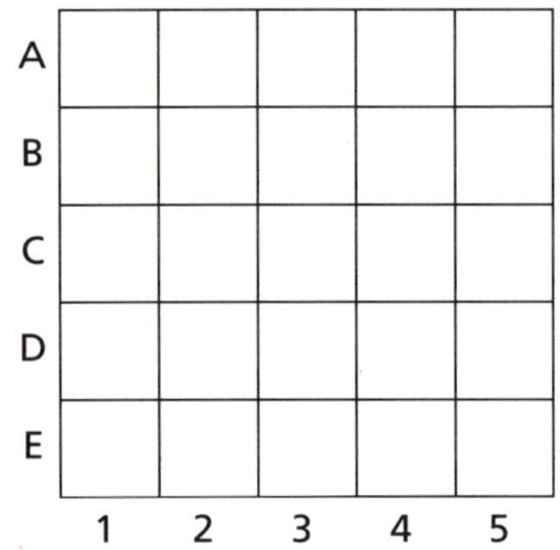

- Représente les bateaux de Marc qui sont placés en (2 ; C), (4 ; D), (3 ; A), (5 ; B).
- Thierry joue toujours sur la diagonale du carré qui passe par le carreau (2,D).
Quels coups doit-il annoncer ?

....

ACTIVITÉ 2 — Mots décalés

- Place les lettres suivantes :
A (3 ; II), F (1 ; III), T (4 ; III), E (4 ; IV), H (5 ; IV), M (2 ; I) et U (3 ; V).
- Que lis-tu en diagonale ?

....

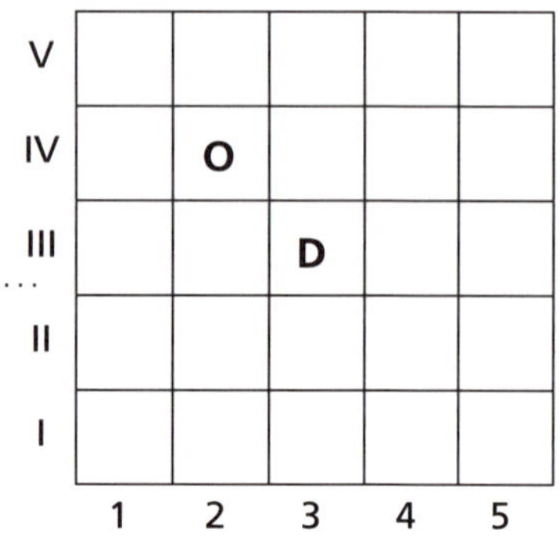

ACTIVITÉ 3 — La course

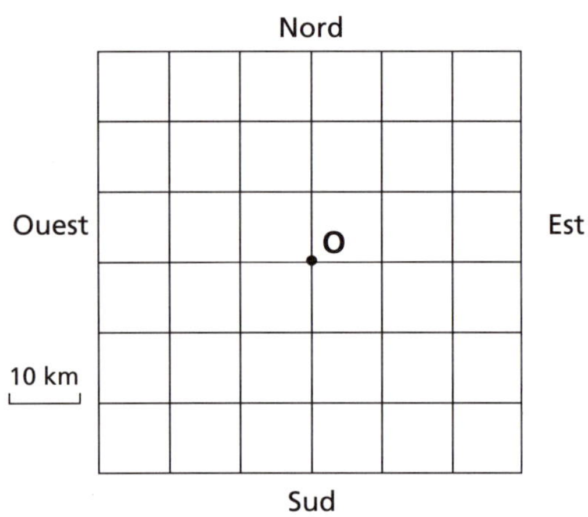

- Lili part de la ville O et effectue 10 km vers l'Est, 20 vers le Sud, 30 vers l'Ouest, 40 vers le Nord.
- Dessine son trajet.
- Antoine part de O et veut la rejoindre au plus vite.
Indique-lui son chemin.

....

....

ACTIVITÉ 4 — les coordonnées d'un point

a. Tu es en O. Tu reçois le message (Est 20 ; Nord 10) pour aller dans la ville A ; cela signifie que tu dois faire 20 km vers l'Est et 10 km vers le Nord en partant de 0.

- Place cette ville A à l'aide du message.
- Place B (Ouest 20 ; Sud 30) et C (Ouest 10 ; Nord 20).
- Quels sont les messages pour aller en D et E ?

....

....

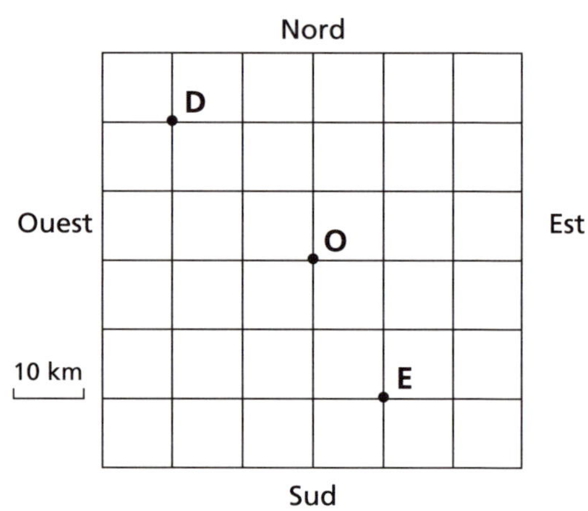

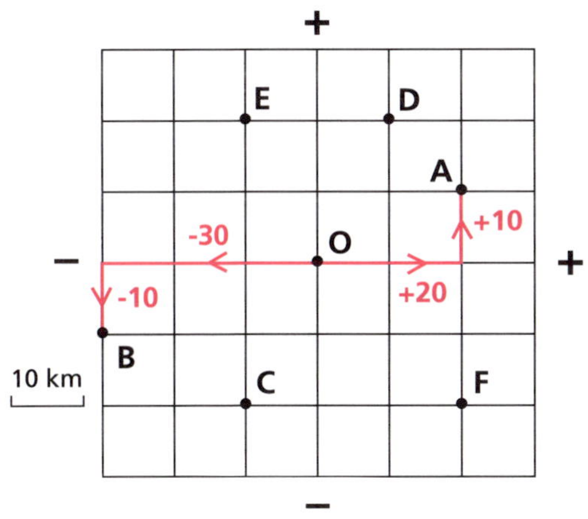

b. Le repérage par lettres et nombres est bien compliqué. On a décidé de le remplacer en utilisant les nombres relatifs.

Au lieu de coder le message (Est 20 ; Nord 10) pour repérer la ville A, on le code : A (+ 20 ; + 10).

- À l'aide du dessin, repère la ville B (....... ; ....).

Tu viens de donner les coordonnées du point B.

- Quelles sont les coordonnées de :

C (....... ; ....), D (....... ; ....), E (....... ; ....), F (....... ; ....).

- Place sur le dessin les points suivants à l'aide de leurs coordonnées G (- 10 ; + 10), H (+ 30 ; + 20), I (+ 10 ; - 20).

ACTIVITÉ 5

Changement d'échelle

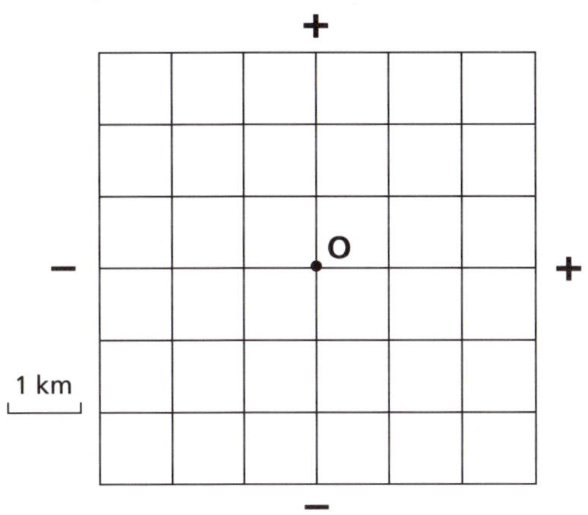

J'habite la ville O. Les coordonnées de ma cabane C sont (- 2 ; 2).
Le ruisseau coule en ligne droite du point A (- 1 ; 3) au point B (3 ; 1).

- Un lapin a fait son terrier en L (+ 2 ; - 2). Représente la situation.
- Quel déplacement dois-je effectuer pour aller de C en L ?

....

....

Du vocabulaire à retenir

Le couple (- 2 ; 2) qui permet de repérer, de connaître l'endroit où se trouve la cabane est constitué de deux nombres : le premier est appelé **l'abscisse**, le second est appelé **l'ordonnée**.

Voici un procédé pour retenir les noms :

- Abscisse commence par **a**.
- Ordonnée commence par **o**.
- Le a est **avant** le o dans l'ordre alphabétique, donc **le premier nombre est l'abscisse**.

Sur le dessin, certains pensent déplacement horizontal vertical (à cause du tableau...).

- Horizontal commence par **h**
- Vertical commence par **v**.
- Le h est **avant** le v.

On retient donc :

On part de O.

Pour (+ 3 ; +2) :

- + 3 est le premier nombre.
- Le a est avant le o ; + 3 est l'abscisse.
- Le h est avant le v ; + 2 est le déplacement vertical

15 Se repérer dans le plan (suite)

S'EXERCER

EXERCICE 1 — *La bataille navale*

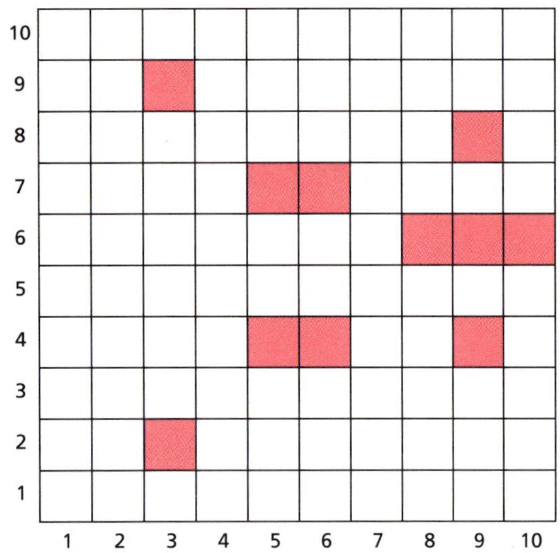

Lili et Thierry jouent à la bataille navale.
Lili a positionné ses bateaux comme l'indique la figure ci-contre.

- Quels coups vont permettre à Thierry de couler son porte-avion (3 cases), ses destroyers (2 cases) ?

On indique un coup sous la forme (abscisse ; ordonnée).

porte-avion ....

destroyer ....

destroyer ....

Thierry a placé trois bateaux (une case) en (4 ; 5) (8 ; 9) et (2 ; 4) et un destroyer en (7 ; 8) et (8 ; 8).

- Place ces bateaux sur le dessin.

EXERCICE 2 — *La carte*

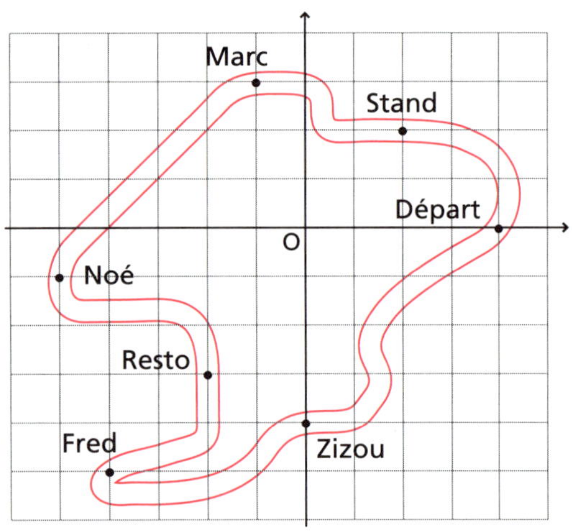

Le long d'un circuit de vélo-cross se trouvent des juges.

- Donne les coordonnées des juges Marc, Noé, Zizou et Fred.

Marc ....

Noé ....

Zizou ....

Fred ....

- Place sur le dessin :

Juan (- 3 ; + 1) Vincent (2 ; - 2).

EXERCICE 3 — *Figure téléphonée*

- Sur le quadrillage ci-contre, place les points : A (1 ; 4), B (- 1 ; 4), C (- 1 ; - 4), D (1 ; - 4).
- Trace les segments [AB], [BC], [CD] et [DA].
- Que peux-tu dire de la figure obtenue ?

....

....

....

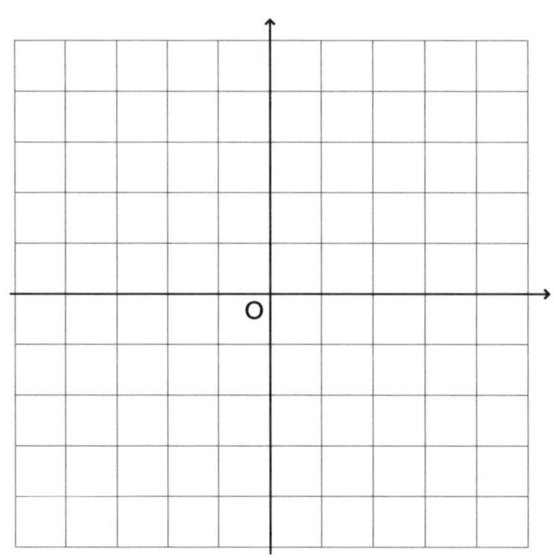

EXERCICE 4 *Téléphone une figure*

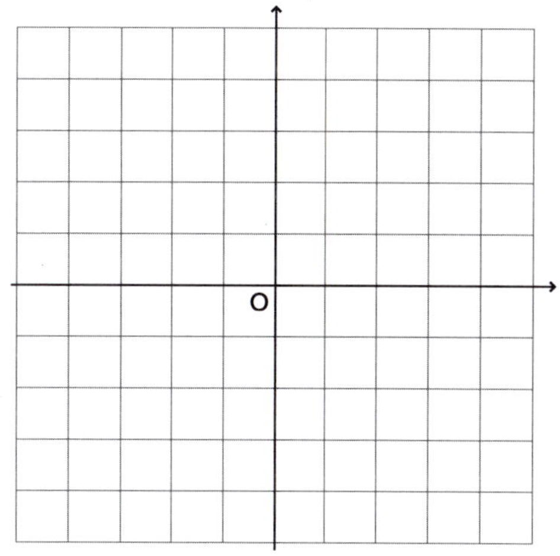

- Sur le quadrillage ci-contre, trace une figure avec six points A, B, C, D, E, F.
- À l'aide des coordonnées et de quelques phrases, fais la reproduire par ton voisin.

RÉDIGER

Rédige les instructions données dans l'exercice précédent à ton voisin pour qu'il puisse reproduire la figure ci-dessus.

....

....

....

....

CHERCHER

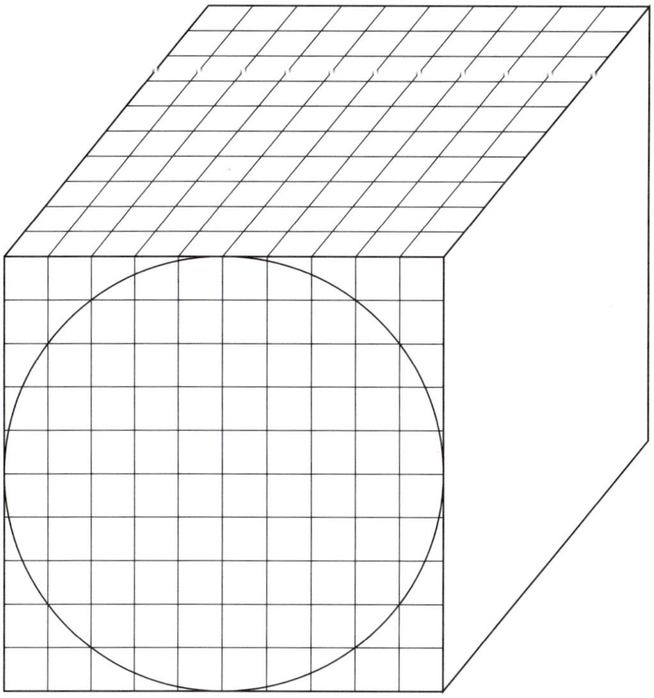

On a dessiné un cercle sur la face avant d'un cube.

On voudrait représenter ce cercle sur la face du dessus.

- Marque douze points de ce cercle en observant attentivement la face avant.

16 Lire et écrire des nombres entiers

COMPRENDRE

Le zéro, « ça compte ou ça ne compte pas ? »

Nous allons revoir un peu de vocabulaire que tu connais, et travailler avec un chiffre particulier, le « 0 ».

Complète les phrases suivantes :

Il faut cent centimes pour faire un franc.
Il faut .... grammes pour faire un kilogrammme.
Il faut cent centimètres pour faire un ....
Une dizaine vaut dix unités.
Une centaine vaut .... dizaines, une centaine vaut .... unités.
Un millier vaut .... centaines ou bien .... dizaines ou bien .... unités.

Complète les égalités :

10 = 10 x 1   100 = 10 x ....   100 = ... x 1   1 000 = ... x 100 = 100 x 10 = 1 000 x 1

Dans le nombre 76 543,

le chiffre 3 est le chiffre des .... ;
le chiffre .... est le chiffre des centaines ;
le chiffre 6 est le chiffre des ....

Quand tu écris un nombre avec des chiffres, la position de ces chiffres est très importante.

Sur des compteurs de voitures, on peut lire le nombre de kilomètres parcourus :

004576   067540   134507

Nous lirons 004 576 quatre mille cinq cent soixante-seize kilomètres.

Nous lirons 067 540 soixante-sept mille cinq cent quarante kilomètres, le dernier zéro à droite est important.

Nous lirons 134 507 cent trente-quatre mille cinq cent sept kilomètres.

Ajouter le nombre 0 à un autre nombre ne change pas celui-ci :
54 + 0 = 54   8 + 0 = 0 + 8 = 8,
mais ajouter un zéro dans l'écriture d'un nombre peut changer sa valeur :
80, ce n'est pas 8, c'est 8 x 10
504 = 500 + 4   540 = 500 + 40   54 = 50 + 4.

S'EXERCER

EXERCICE 1

2 345 n'est pas égal à 5 432 :

2 345 = 2 000 + 300 + 40 + 5 = 2 x 1 000 + 3 x 100 + 4 x 10 + 5
5 432 = 5 000 + 400 + 30 + 2 = 5 x 1 000 + 4 x 100 + 3 x 10 + 2

Complète :

Le chiffre des dizaines de 2 345 est le même que le chiffre des .... de 5 432.
Le chiffre des .... de 2 345 est le même que le chiffre des unités de 5 432.
Le chiffre des milliers de 2 345 est le même que le chiffre des .... de 5 432.
Le chiffre des .... de 2 345 est le même que le chiffre des centaines de 5 432.

EXERCICE 2

Complète le tableau ci-dessous en t'inspirant de la première ligne :

trente-trois	3 x 10 + 3	33
cent quarante-sept		
		2 833
	7 x 100 + 2 x 10 + 8	
		3 271
huit mille neuf cent quarante-six		

Tu peux écrire :
123 = 100 + 20 + 3 = 120 + 3 = 12 x 10 + 3
***Tu peux lire* cent vingt-trois *comme* une centaine deux dizaines et trois unités *ou comme* douze dizaines et trois unités *; le chiffre des unités est* 3.**

EXERCICE 3

Écris autrement :

9 427 = 9 400 + ... + ... 3 000 + 600 + 70 + 8 = 3 600 + ... = ...

765 = ... + ... + ... = ... + ...

EXERCICE 4

Complète :

Dans le nombre six mille trois cent cinquante-sept qui s'écrit 6 357,
il y a .... dizaines et .... unités ;
il y a .... centaines .... dizaines et .... unités.

EXERCICE 5

Complète le tableau ci-dessous :

trois cent six		
	1 x 10 000 + 5 x 1 000 + 1	
		2 002
cent mille quatre-vingt-huit		
		806

RÉDIGER

Devinette :

Je cherche un nombre de quatre chiffres.
Le chiffre des dizaines est le double de celui des centaines, le chiffre des centaines est le triple de celui des unités, le chiffre des milliers est le triple de celui des centaines.

....

17 Comprendre l'écriture décimale

COMPRENDRE

ACTIVITÉ 1

Les nombres décimaux dans la vie de tous les jours.

• Alain mesure un mètre soixante, Annie mesure un mètre cinquante trois, Paul a acheté un kilo six cent cinquante de viande à 1,50 € le kilogramme, Aurélie a bu un demi litre de jus d'orange, Carl Lewis a couru le cent mètres en neuf secondes quatre-vingt-douze centièmes.

Relie les étiquettes :

Alain	9,92
Annie	1,50
Paul	100
Aurélie	1,53
Carl Lewis	60,5
	0,5
	1,60

Des zéros qui ne comptent pas.
On aurait pu écrire 1,6 à la place de 1,60 ; 1,5 à la place de 1,50 et 60,5 à la place de 60,50.

• Les nombres entiers sont utilisés pour compter le nombre d'objets d'une collection, les nombres décimaux sont souvent utilisés pour mesurer.
Un mètre vaut cent centimètres, un centimètre vaut un centième de mètre.
Un kilogramme vaut mille grammes , un gramme vaut un millième de kilogramme.

Une unité vaut dix dixièmes ou bien cent centièmes ou bien mille millièmes...

$$1 = 1\,000 \times \frac{1}{1\,000} = 1000 \times 0{,}001$$

$$1 = 100 \times \frac{1}{100} = 100 \times 0{,}01$$

$$1 = 10 \times \frac{1}{10} = 10 \times 0{,}1$$

• « $\frac{1}{10}$ » se lit « un dixième »,
« $\frac{1}{100}$ » se lit « un centième »,
« 0,1 » se lit « zéro virgule un »,
« 0,01 » se lit « zéro virgule zéro un ».

$$0{,}1 = \frac{1}{10}\ ;\ 0{,}01 = \frac{1}{100}\ ;\ 0{,}001 = \frac{1}{1\,000}\ \dots$$

ACTIVITÉ 2

a. Complète :

Pour faire une dizaine il faut .... dixièmes. $10 = \dots\dots\dots \times \frac{1}{10}$

Pour faire une centaine il faut mille .... $100 = 1\,000 \times \dots\dots\dots$

Pour faire un dixième il faut .... millièmes. $\frac{1}{10} = \dots\dots\dots \times \frac{1}{1\,000}$

b. Effectue le calcul :

100 x 0,1 = ... ; 1 000 x 0,1 = ... ; 10 x 0,01 = ... ; 10 x 0,001 = ...

c. **Complète :**

Pour faire un dixième il faut dix .... $\frac{1}{10}$ = 10 x ....

Pour faire une centaine il faut mille .... 100 = 1 000 x ....

Pour faire une dizaine il faut .... dixièmes 10 = ... x $\frac{1}{10}$

Attention aux faux amis centaine et centième, dizaine et dixième.

d. Une **centaine** de kilomètres à pied c'est fatigant, en combien de temps crois tu pouvoir faire un centième de kilomètre ? ....

Avec un kilogramme de viande je fais une **dizaine** de steacks hachés, si je découpe un steack de cent grammes en dix **dixièmes** combien pèsera chaque morceau ? ....

S'EXERCER

EXERCICE 1

45,782 est un nombre décimal, sa partie entière est 45 ,sa partie décimale est 0,782.

45,782 = 45 + 0,782 = 40 + 5 + 0,7 + 0,08 + 0,002 ou 45,782 = 4 x 10 + 5 + 7 x $\frac{1}{10}$ + 8 x $\frac{1}{100}$ + 2/1 000 = 45 + $\frac{782}{1000}$.

4 est le chiffre des dizaines, 5 est le chiffre des unités, 7 est le chiffre des dixièmes, 8 est le chiffre des centièmes et 2 celui des millièmes. Attention quand on lit ce nombre décimal on lit « quarante cinq virgule sept cent quatre-vingt-deux » mais 7 n'est pas le chiffre des centaines ! ! !

a. Fais le même travail avec le nombre 29,34 ;

29,34 = 29 + ... = 20 + 9 + $\frac{....}{10}$ + $\frac{....}{100}$ = 29 + $\frac{....}{100}$; 2 est le chiffre des ....

....

b. avec le nombre 201,37 ;

....

....

c. avec le nombre 33,405.

....

....

d. 4 est le chiffre des .... de 29,34 ; c'est le chiffre des .... de 48,782.

EXERCICE 2

Complète le tableau suivant, en t'inspirant de la première ligne.

7,581	$7 + \frac{5}{10} + \frac{8}{100} + \frac{1}{1000}$	$7 + \frac{581}{1000}$	Sept unités et cinq cent quatre-vingt-un millièmes
			Une unité et trente-sept centièmes
		$42 + \frac{42}{100}$	
4,06			
	$23 + \frac{2}{10} + \frac{5}{100}$		
6,98			

CHERCHER

Je cherche un nombre de quatre chiffres avec une virgule, plus grand que dix et plus petit que cent. Le chiffre des dizaines est le triple du chiffre des unités, le chiffre des dixièmes est le triple de celui des centièmes, la somme des chiffres vaut 8.

....

18 Comparer deux décimaux

COMPRENDRE

Regarde ton double décimètre, les grandes graduations permettent de lire les centimètres, les petites les millimètres, chaque centimètre vaut 10 millimètres.

Voici un instrument de mesure

Les graduations en gras correspondent à l'unité de mesure choisie, entre deux autres graduations il y a un dixième d'unité.

- J'ai dessiné un segment de longueur une unité.
- Je le découpe en dix parts égales, chacune d'elles mesure un dixième d'unité.
- Je découpe encore en dix parties égales, chacune d'elles a pour longueur un centième d'unité. Complète la graduation.

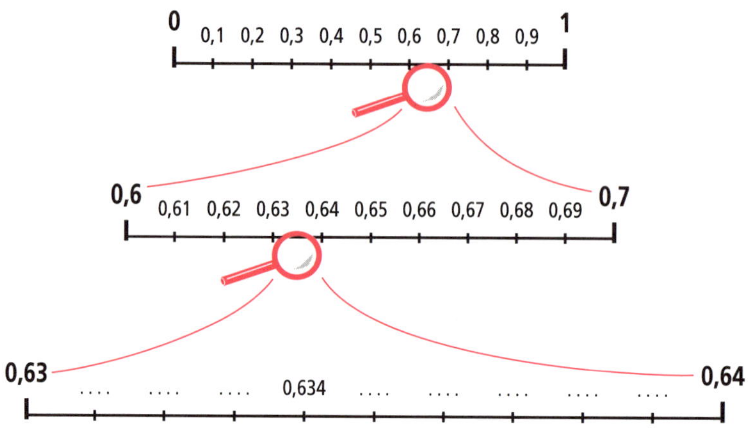

Refais les mêmes dessins pour arriver à 0,255.

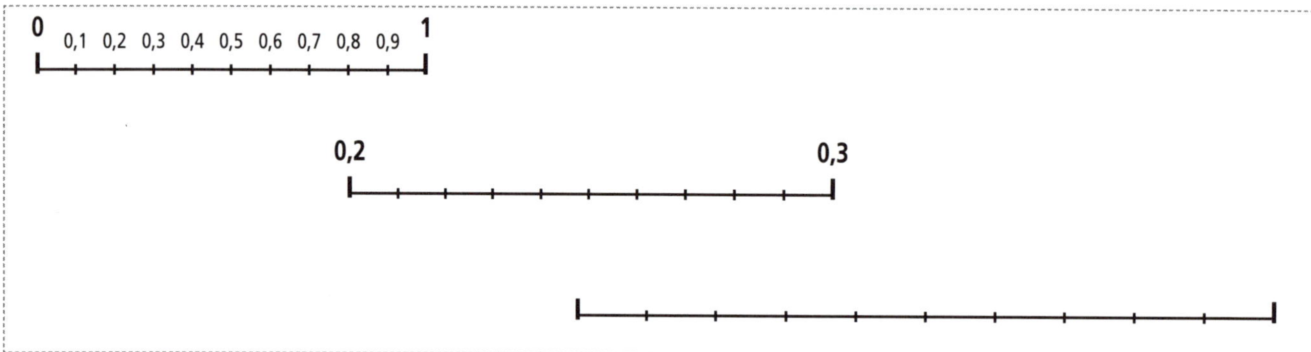

Je prends maintenant une droite graduée régulièrement

- Refais les mêmes dessins pour arriver à 2,343.

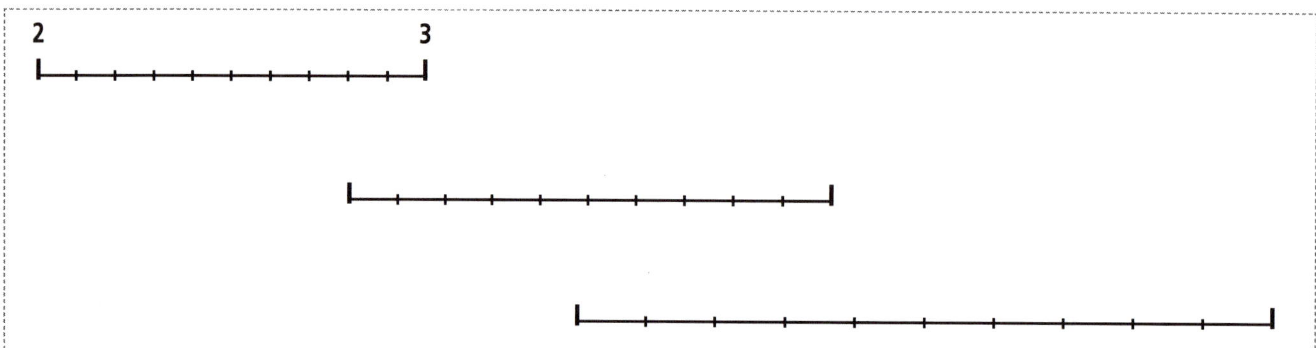

APPRENDRE

Je veux comparer deux décimaux

Si les parties entières de deux décimaux sont différentes le plus grand des deux est celui qui a la plus grande partie entière.

Range du plus petit au plus grand :

3,65 ; 2,768 ; 76,1 ; 6 ; 0,998 ; 75,4.

....

....

EXEMPLE 1

- **Comparer 5,365 et 5,7.**

$5{,}365 = 5 + \frac{3}{10} + \frac{6}{100} + \frac{5}{1\,000} = 5 + \frac{365}{1\,000}.$

$5{,}7 = 5 + \frac{7}{10} = 5 + \frac{70}{100} = 5 + \frac{700}{1\,000}.$

5,365 < 5,7 parce que ....

Si les parties entières sont égales je compare les parties décimales : Je regarde d'abord les chiffres des dixièmes.
Si les deux chiffres sont différents le plus petit des deux nombres est celui qui a le chiffre des dixièmes le plus petit.

EXEMPLE 2

- **Comparer 2,30 et 2,38.**

$2{,}30 = 2 + \frac{3}{10} + \frac{0}{100} = 2 + \frac{30}{100}.$

$2{,}38 = 2 + \frac{3}{10} + \frac{8}{100} = 2 + \frac{38}{100}.$

2,30 < 2,38 parce que ....

Si les parties entières sont égales et si les chiffres des dixièmes sont aussi égaux je compare les chiffres des centièmes.

EXEMPLE 3

- **Comparer 8,754 et 8,756.**

Ils ont les mêmes chiffres des unités, des dixièmes , et des centièmes.

$8{,}754 = 8 + \frac{7}{10} + \frac{5}{10} + \frac{....}{1\,000}.$

$8{,}756 = 8 + \frac{7}{10} + \frac{5}{10} + \frac{....}{1\,000}.$

Le plus petit est ....

S'EXERCER

EXERCICE 1

- **Place sur la droite graduée :**

0,75 ; $2 + \frac{1}{4}$; 3,25 ; 3,5

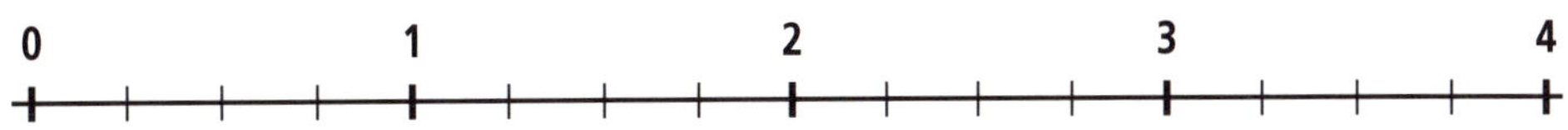

EXERCICE 2

- **Range du plus petit au plus grand :**

- 8,76 5 64 8,8 8,85 ....
- 6,06 6,60 0,66 0,606 ....
- 54,6 55,78 55 55,3 ....

RÉDIGER

Jean dit que 12,4 est plus petit que 12,37 parce que 4 est plus petit que 37. Qu'en penses-tu ? ....

Attention, le nombre décimal qui a le plus de chiffres n'est pas forcément le plus grand (0,987 654 est plus petit que 1).

- **Rédige un texte**, sur ton cahier d'exercices, pour lui expliquer son erreur.

19 Donner un ordre de grandeur

COMPRENDRE

« Une fourmi de dix-huit mètres, avec un chapeau sur la tête ça n'existe pas... »
Robert DESNOS.

ACTIVITÉ 1

Relie par une flèche les étiquettes qui vont ensemble

De Paris à Toulouse	800 kilomètres
De la Terre à la Lune	6400 kilomètres
Hauteur de la Tour Eiffel	1 centimètre
Fourmi →	1 mètre soixante
Taille de Jean	300 mètres
Rayon de la Terre	380000 kilomètres

ACTIVITÉ 2

En mathématiques, comme dans la vie de tous les jours les résultats doivent être vraisemblables.

1. Je veux ranger mes 200 billes dans des sacs, chaque sac peut contenir 30 billes, combien me faudra-t-il de sacs ?
Entoure la bonne réponse.

6000 230 170 7

2. Chez le boucher le kilogramme d'entrecôte est vendu 12,50 €, si j'en prends 300 grammes, je vais payer à peu près combien ?
Entoure la bonne réponse.

25 € 15 € 4 € 0,5 €

3. Un coureur cycliste fait en moyenne 30 kilomètres par heure, combien de kilomètres aura-t-il fait en cinq heures ? Entoure la bonne réponse.

35 25 150 600

4. Ali mesure dix centimètres de plus que Marie, Myriam mesure cinq centimètres de moins que Marie, Marie mesure un mètre cinquante ; combien mesure Ali ? Entoure la bonne réponse.

26,5 mètres 6 centimètres 1,60 mètre.

ACTIVITÉ 3 *Dix, cent ou mille ?*

- Avec 10, 100 ou 1000, complète les égalités :

7 + 85 + 2 + 6 = ...
78 + 5 - 73 = ...
540 x 2 - 80 = ...
9 x 10 + 7 + 3 = ...

125 x 8 = ...
1 + 2 + 3 + 4 = ...
10 + 20 + 30 + 40 = ...
2 x 3 x 4 x 5 x 6 + 280 = ...

- Vérifie les réponses avec ta calculatrice.

S'EXERCER

Sans effectuer les opérations entoure la bonne réponse.

- Additionner

123 + 765 = ?	*1208*	*468*	*888*
173 + 21 = ?	*194*	*388*	*815*
21,3 + 24,7 = ?	*460*	*46*	*265*
77 + 25 = ?	*102*	*82*	*102,5*
1 + 2 + 3 + 4 + 5 = ?	*15*	*6*	*85*
103 + 204 + 308 = ?	285	*615*	*3 855*

- Soustraire

15 - 9 = ?	*24*	*14*	*6*
147 - 24 = ?	*123*	*213*	*23*
234,5 - 25 = ?	*209,5*	*232*	*19,5*
43 - 2,1 = ?	*22*	*40,9*	*63*

- Multiplier

17,3 x 100 = ?	*1730*	*173*	*2 130*
234 x 5 = ?	*239*	*1 170*	*1171,3*
21 x 19 = ?	*399*	*519*	*239*
17 x 9 = ?	*153*	*26*	*173*
6,3 x 5 = ?	*45*	*31,5*	*315*

- Diviser

685 ÷ 5 = ?	*135*	*7*	*3 215*
903 ÷ 3 = ?	*31*	*301*	*3 031*
706,2 ÷ 11 = ?	*64,2*	*642*	*6,42*
972 ÷ 9 = ?	*108*	*18*	*462*

CHERCHER

Jean, Ali et Marie ne sont pas d'accord. Jean dit qu'une feuille de cahier a une épaisseur de 1 millimètre, Marie dit que l'épaisseur n'est même pas d'un centième de millimètre, Ali pense que cela fait à peu près un dixième de millimètre. Qui a raison ? Mesure l'épaisseur d'un cahier de cent pages et justifie ta réponse.

- Épaisseur de cent pages en millimètres : ....
- Épaisseur d'une page en millimètres : ....
- C'est .... qui a raison.

RÉDIGER

Marie va faire des courses, elle achète 2 kilogrammes de pommes de terre à 1 € le kilo, un poulet à 6,25 €, six yaourts à 0,5 € pièce, trois petits gâteaux à 1,50 € l'un, et une baguette de pain.

- Combien a-t-elle dépensé ? À peu près 20 € ? À peu près 200 € ? À peu près 2 € ? Explique ta réponse.

....

- Peux tu calculer la somme dépensée ? Pourquoi ?

....

- Complète l'énoncé et résous le problème.

....
....
....
....
....
....

20 Additionner et soustraire des décimaux

IDENTIFIER

- **2,31 + 45,3** se lit : « deux virgule trente et un plus quarante-cinq virgule trois » c'est la **somme** de 2,31 et de 45,3.
- 2,31 et 45,3 sont les **termes** de la somme.
- **12,34 - 5,2** se lit « douze virgule trente-quatre moins cinq virgule deux ».
- c'est la **différence** de 12,34 et de 5,2.
- 12,34 et 5,2 sont les **termes** de la différence.

COMPRENDRE

Pour additionner des décimaux il faut bien ranger les nombres pour ajouter les unités avec les unités, les dizaines avec les dizaines, les dixièmes avec les dixièmes, les centièmes avec les centièmes, il faut en plus faire attention aux retenues :

- **Exemple :** *23,57+ 38,7*

		2	3	5	7		
		3	8	7			
		5	11	12	7		
		5	12	2	7		
		6	2	2	7		

① ①
23,57
\+ 38,7
= 62,27

- **Refais le même travail avec les sommes suivantes :**

6,84 + 7,6

6,84
\+ 7,6
= ....

10,97 + 7,35

10,97
\+ 7,35
= ....

Pour soustraire des décimaux il faut aussi, bien ranger, il faut en plus faire attention aux retenues :

- **Exemple :** *34,7 - 12,56*

$34,7 = 3 \times 10 + 4 + \mathbf{7 \times \frac{1}{10}} = 3 \times 10 + 4 + \mathbf{6 \times \frac{1}{10} + 10 \times \frac{1}{100}}$

12,56 = 1 x 10 + 2 + 5 x 1/10 + 6 x 1/100

34,7 - 12,56 = 2 x 10 + 2 + 1 x 1/10 + 4 x 1/100 = 22,14

6
34,70
\- 12,56
= 22,14

- **Refais le même travail avec les différences suivantes :**

72,45 - 34,8

....
....
....
....
....
....

72,45
\- 34,8
= ....

10,6 - 7,82

....
....
....
....
....
....

10,6
\- 7,82
= ....

Maintenant que tu sais faire tu peux corriger les erreurs !

PAUL	MARIE
3,45 + 12 = 3,57	9,12 - 2,48 = 7,36

ALI	LILIANE
3,62 + 4,71 = 7,133	2,73 + 5,81 = 7,54

Explique à chaque élève son erreur et donne-lui le bon résultat.

....

....

....

....

....

....

....

....

S'EXERCER

EXERCICE 1

Les tickets de caisse sont à moitié effacés ! remplis les cases manquantes.

SUPER GÉANT	
Yaourt	1,80
Beurre	0,75
Camembert	1,60
Total	
Espèces	10
Rendu	

HYPER GÉANT	
Pain	0,60
Croissants	2,10
Jus de fruit	
Chocolat	1,30
Total	**6,30**
Espèces	
Rendu	**3,70**

EXERCICE 2

Il manque des chiffres dans ces opérations, retrouve-les :

2,35 + 6,_2 = _,6_	7,6 - _,8 = 2,_	43,67 + 2_,5_ = _2,_5	101 + _ _ _ _ = 10000

EXERCICE 3

Cette fois il manque des nombres, retrouve-les :

43,8 + ... = 50

.... + 6,4 = 10,6

9 876,5 + ... = 10 000

4,75 - .... = 2,50

79,54 + ... = 83,54

.... - 35,8 = 64,2

EXERCICE 4

Quel est le périmètre de ce polygone ?

....

....

....

....

....

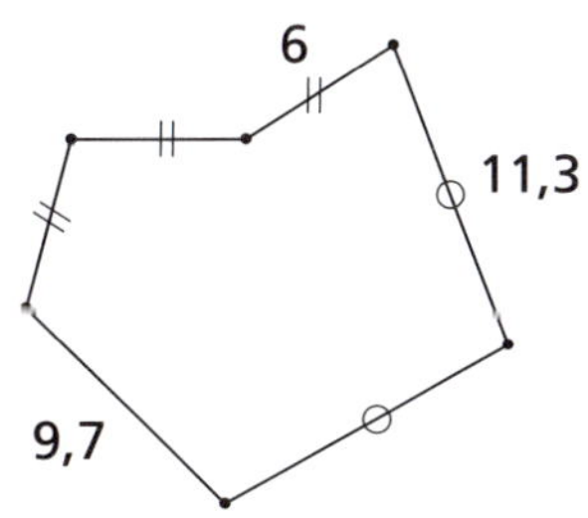

EXERCICE 5

Le périmètre de ce polygone est de 73, retrouve la longueur manquante :

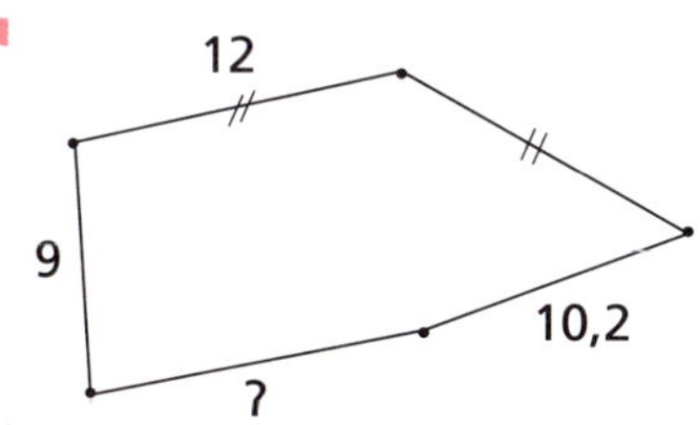

....

....

....

RÉDIGER

Invente un problème qui correspond à chacune de ces suites d'opérations :

- 54,5 + 27,5 = 82   100 - 82 = 18 ....

....

....

....

- 27 - 11,75 = 15,25   15,25 + 3,75 = 19 ....

....

....

....

21 Multiplier des décimaux

COMPRENDRE

ACTIVITÉ 1 — *L'aire de la cour : 28 x 43*

Dans le **produit** 28 x 43, 28 et 43 sont les **facteurs**.

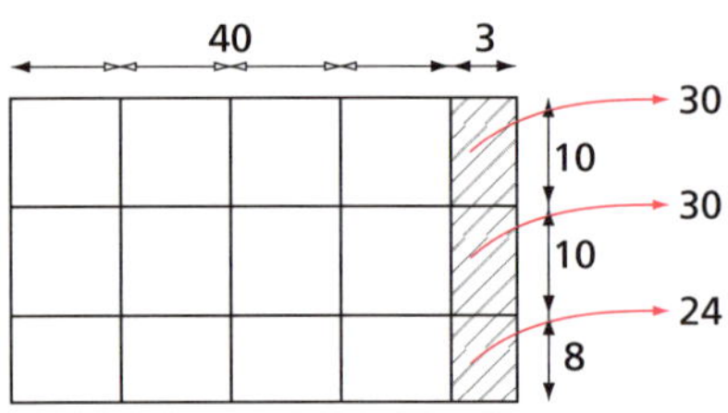

$$\begin{array}{r} 28 \\ \times\ 40 \\ \hline 1120 \end{array}$$

$$\begin{array}{r} 28 \\ \times\ 3 \\ \hline 84 \end{array}$$

- La cour du collège est rectangulaire, sa longueur est de 43 mètres et sa largeur de 28 mètres.
- À partir de ce schéma, Jean a effectué les deux opérations ci-contre. Comment peux-tu les utiliser pour calculer l'aire de la cour ?

....

....

....

....

ACTIVITÉ 2 — *L'aire de la chambre : 2,8 x 4,3*

- Une pièce rectangulaire mesure 4,3 mètres de longueur sur 2,8 mètres de largeur.
- On veut la carreler avec des carreaux de 10 centimètres sur 10 centimètres.
- Jean a fait un dessin. Compte le nombre de carreaux nécessaires en te servant du dessin de Jean.

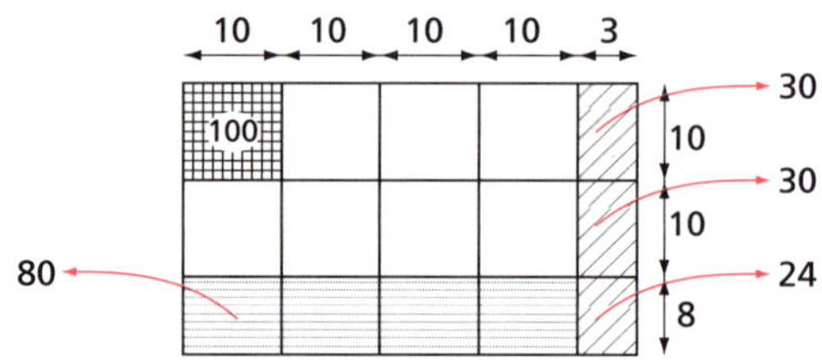

....

....

- Si tu ne t'es pas trompé tu as trouvé 1204 carreaux. Chaque carreau fait un décimètre carré, l'aire de la chambre est de 1 204 décimètres carrés, c'est à dire 12,04 mètres carrés.

28 x 43 = 1 204

$2{,}8 \times 4{,}3 = \frac{28}{10} \times \frac{43}{10} = 28 \times \frac{43}{100} = \frac{1\,204}{100} = 12{,}04$

> **Un truc pour multiplier deux décimaux! on multiplie comme si on avait des entiers, puis on place la virgule en comptant le nombre de décimales ! Attention aux zéros !**

Exemple 6,5 x 3,2

65 x 32 = 2 080

Pour passer de 6,5 à 65 j'ai multiplié par 10 ; pour passer de 3,2 à 32 j'ai multiplié par 10,

6,5 x 3,2 = 2 080 ÷ 100 = 20,80 = 20,8

ACTIVITÉ 3

Mets la virgule manquante dans les multiplications et vérifie avec ta calculatrice :

6,5 x 12,4 = 806	6,3 x 12,3 = 7749	12,34 x 56,78 = 7006652
4,86x2,7 = 13122	0,654 x 48 = 31392	9,87 x 1,23 = 121401

S'EXERCER

MULTIPLIER PAR 0,1 ; 0,01 ; 0,001

0,1 = 1/10   0,01 = 1/100   0,001 = 1/1 000
10 x 0,1 = 1   100 x 0,01 = 1   1000 x 0,001 = 1

Multiplier par 0,1 c'est diviser par 10 ; multiplier par 0,01 c'est diviser par 100 ; multiplier par 0,001 c'est diviser par 1 000.

EXERCICE 1

Calcule :

234,567 x 0,1 = ...
234,567 x 0,01 = ...
234,567 x 0,001 = ...
23,456 7 x 0,1 = ...
2,345 67 x 0,1 = ...
0,234 567 x 10 = ...
2,345 67 x 100 = ...
0,234 567 x 1 000 = ...
2,345 67 x 100 = ...

EXERCICE 2

Sachant que 2,34 x 4,56 = 10,670 4. Calcule sans faire d'opérations :

23,4 x 4,56 = ...
234 x 4,56 = ...
2,34 x 456 = ...
234 x 456 = ...
2,34 x 45,6 = ...
23,4 x 45,6 = ...

EXERCICE 3

De l'eau pour tout le monde.
Un champ doit être partagé en quatre parties égales, chacune d'elles doit permettre de puiser l'eau du puits (point P). Vérifie que le partage est équitable, puis calcule l'aire de chaque part.

....
....
....

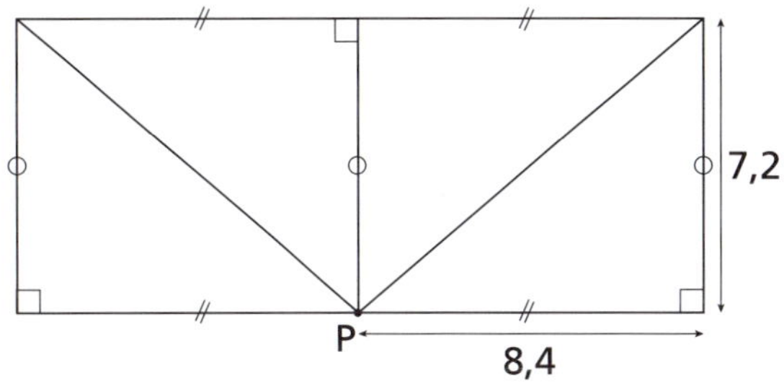

CHERCHER

Dans les multiplications suivantes des chiffres et des virgules ont été effacés, peux-tu les retrouver ?

```
    2 3
x   1 _
-------
  1 _ 8
  2 _
-------
  _,6 8
```

- 3,2 x 61,4 = 1964_
- 2,5 x 11,32 = 283
- 657 x 123 = 80,81_

```
     1,5
x  1 0,_
--------
     9 0
    _ _
  _ _
--------
  1 _ 9 0
```

Dans les multiplications suivantes trouve le nombre manquant.

- 7,2 x .... = 21,6
- 10,3 x .... = 4,12
- .... x 2,2 = 88
- .... x 2,4 = 19,2

RÉDIGER

Les opérations sont posées en ligne, invente les questions, écris-les, puis fais les opérations avec ta calculatrice.

2,35 x 4,40 = ...
....
4,50 x 2,30 + 4,30 x 2,50 = ...
....

22 Effectuer des divisions euclidiennes

COMPRENDRE

MULTIPLES ET DIVISEURS

7 x 1 = 7 7 x 2 =1 4 7 x 3 = 21 7 x 4 = 28 7 x 5 = 35 7 x 63 = 441.
7, 14, 21, 28, 35, 441 sont des **multiples** de 7.

Dire que 441 est un **multiple** de 7 veut dire que 7 est un **diviseur** de 441. Entre deux multiples de 7 il y a toujours exactement 6 nombres entiers qui ne sont pas des multiples de 7 ; par exemple entre 14 et 21 :

15 = 2 x 7 + 1 16 = 2 x 7 + 2 17 = 2 x 7 + 3 18 = 2 x 7 + 4 19 = 2 x 7 + 5 20 = 2 x 7 + 6 21 = 2 x 7 + 7 = 3 x 7

ACTIVITÉ 1

- Écris tous les multiples de 7 compris entre 70 et 100.

....

ACTIVITÉ 2

- Tu sais que 16 = 2 x 7 + 2.
- Écris quatre autres nombres qui sont aussi la somme d'un multiple de 7 et de 2.

....

- Tu sais que 26 = 3 x 7 + 5.
- Écris cinq nombres compris entre 100 et 200 qui sont aussi la somme d'un multiple de 7 et de 5.

....

QUOTIENTS ET RESTES

« En 20 combien de fois 7 ? » : « il y va 2 fois et il reste 6 »

l'égalité « 20 = 2 x 7 + 6 » permet de donner le **quotient** 2 et le **reste** 6 dans la division euclidienne de 20 par 7.

20 est le **dividende**, 7 le **diviseur**, 2 le **quotient**, et 6 le **reste**.

40 = 3 x 7 + 19, l'égalité est vraie mais je ne peux pas dire que 3 est le quotient et 19 le reste dans la division de 40 par 7.
Dans une division euclidienne le reste est toujours inférieur au diviseur.

ACTIVITÉ 3

- Complète les égalités suivantes puis donne le quotient et le reste pour chacune des divisions.

23 = 3 x 7 + ... division de 23 par 7 → Quotient ......, reste ....
87 = 5 x 17 + ... division de 87 par 17 → Quotient ......, reste ....
19 = 3 x ...... + 1 division de 19 par 3 → Quotient ......, reste ....

ACTIVITÉ 4

231 = 13 x 17 + 10

- Tu peux le vérifier avec ta machine si tu n'en es pas sûr !
- En ajoutant 2 de chaque côté, tu peux écrire :

231 + 2 = 13 x 17 + 10 + 2, c'est à dire 233 = 13 x 17 +12 , **et 12 est plus petit que 13.**

- Complète la phrase :

« dans la division euclidienne de 233 par 13 le quotient est .... et le reste .... ».

S'EXERCER

EXERCICE 1 *De tête*

- **Calcule sans la machine et sans poser l'opération.**

52 ÷ 5 → quotient ...., reste .... 1000 ÷ 10 → quotient ...., reste .... 102 ÷ 10 → quotient ...., reste ....
71 ÷ 7 → quotient ...., reste .... 1000 ÷ 9 → quotient ...., reste .... 334 ÷ 33 → quotient ...., reste ....

EXERCICE 2 *À la machine*

- Tu peux facilement trouver quotient et reste dans une division euclidienne :

Par exemple diviser 654 par 23

- Ce que tu tapes : 6 5 4 ÷ 2 3 =
- Ce que tu vois : 6 | 65 | 654 | 654 ÷ | 2 | 23 | 28,43478261
- La machine affiche le résultat : 28,43478261.

Tu as déjà le quotient : 28, pour avoir le reste tu tapes d'abord 28 x 23 tu trouves 644.

654 - 644 = 10 654 = 644 + 10 = 28 x 23 + 10

Le quotient est 28 et le reste est 10

- **Trouve le quotient et le reste pour les divisions euclidiennes suivantes** :

45 ÷ 7 → quotient ...., reste ....
65 ÷ 8 → quotient ...., reste ....
27 ÷ 6 → quotient ...., reste ....
432 ÷ 7 → quotient ...., reste ....
82 ÷ 9 → quotient ...., reste ....
124 ÷ 11 → quotient ...., reste ....
784 ÷ 13 → quotient ...., reste ....
1 287 ÷ 31 → quotient ...., reste ....

EXERCICE 3 *Division euclidienne ou pas*

- **Vérifie avec ta machine que les égalités encadrées sont vraies, barre les phrases fausses.**

223 = 9 x 23 + 16
- 16 est le reste dans la division euclidienne de 223 par 9.
- 16 est le reste dans la division euclidienne de 223 par 23.

114 = 15 x 7 + 9
- En 114 il va 15 fois 7 et il reste 9.
- En 114 il va 7 fois 15 et il reste 9.

236 = 13 x 17 + 15
- 15 est le reste dans la division euclidienne de 236 par 13.
- 15 est le reste dans la division euclidienne de 236 par 17.

137 = 7 x 19 + 4
- 4 est le reste dans la division euclidienne de 137 par 19.
- C'est aussi le reste dans la division euclidienne de 137 par 7.

EXERCICE 4 *D'une division à l'autre*

231 = 13 x 17 + 10

- Sans poser la division donne le quotient et le reste pour :

237 ÷ 17 → 237 = 13 x 17 + 10 + ... = 13 x .... + ... → le quotient est ......, le reste est ....
229 ÷ 13 → 229 = 13 x .... + ... - .... = 13 x .... + ... → le quotient est ......, le reste est ....
241 = 13 x 17 + 10 +10 → 241 = 13 x 17 + 20 → le quotient est ......, le reste est ....

- Attention, il ne faut pas que le reste soit supérieur au diviseur, **20 ne peut pas être le reste de la division de 241 par 13.**

241 = 13 x 18 + 7

23 Résoudre des problèmes avec la division euclidienne

COMPRENDRE

ACTIVITÉ — *Une égalité, trois problèmes*

Vérifie l'égalité 245 = 40 x 6 + 5

- Complète la phrase.

« Dans la division euclidienne de 245 par 40 le quotient est ...... et le reste ...... ».

- Résous les trois problèmes.

◆ Nicolas range 245 billes dans des sacs de 40, combien lui faudra-t-il de sacs ?

....

....

◆ Nicolas veut des baguettes en bois de 40 centimètres de longueur,
combien peut il en en découper dans une baguette de 245 centimètres de longueur?

....

....

◆ Nicolas achète le plus possible de jeux vidéo à quarante € pièce,
il a 245 € combien lui restera-t-il ?

....

....

- En utilisant la même égalité tu as trouvé trois réponses différentes : 7, 6, et 5.

CHERCHER

EXERCICE 1 — *Des cars*

Le collège organise une sortie en autocar. Dans le collège il y a 145 élèves de sixième, 156 élèves de cinquième, 163 élèves de quatrième et 158 élèves de troisième.
Chaque autocar peut prendre 38 élèves.
Le principal décide que les sixièmes sortiront le lundi, les cinquièmes le mardi, les quatrièmes et les troisièmes ensemble le jeudi.

- Combien faudra-t-il d'autocars pour les sixièmes ?

....

- Pour les cinquièmes ?

....

- Pour les quatrièmes et les troisièmes ?

....

- Pour le collège ?

....

- Et si tout le monde sortait ensemble, combien faudrait-il d'autocars ?

....

EXERCICE 2 *Des perles*

Marie fabrique un collier de perles avec des perles rouges et des perles noires, elle enfile trois perles rouges puis quatre perles noires puis à nouveau trois perles rouges puis quatre perles noires et ainsi de suite…

- Quelle est la couleur de la trente-septième perle enfilée ?

…………………………………………………………………

- Quelle est la couleur de la soixante et unième ?

…………………………………………………………………

- Quelle est la couleur de la soixante-huitième ?

…………………………………………………………………

- Elle décide de faire un collier de cent perles, sera-t-il régulier ?

…………………………………………………………………

Pourquoi ? …………………………………………………………

- Et si elle en met 98 ?

…………………………………………………………………

Pourquoi ? …………………………………………………………

EXERCICE 3 *Des pommes…*

Un agriculteur plante des pommiers dans un champ rectangulaire de 36 mètres sur 20 mètres, deux arbres doivent être espacés de quatre mètres.

- Combien peut-il planter d'arbres ? Utilise le schéma ci-contre en le complétant pour t'aider à trouver le nombre de rangées dans la longueur et dans la largeur.

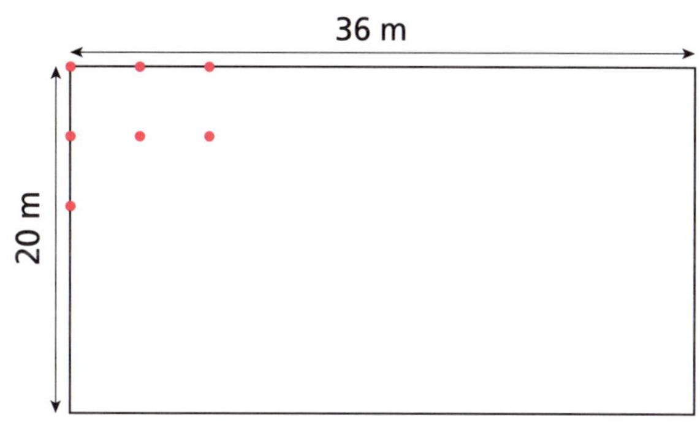

…………………………………………………………………

- Chaque arbre produit 500 kilogrammes de fruits. Combien va-t-on récolter de kilogrammes de fruits dans ce champ ?

…………………………………………………………………

- On range les fruits dans des caissettes de 35 kilogrammes. Combien devra-t-on utiliser de caissettes ?

…………………………………………………………………

- Combien de kilogrammes de pommes manquera-t-il pour remplir la dernière caissette ?

…………………………………………………………………

- On transporte les caissettes du champ à l'entrepôt dans une camionnette, celle-ci supporte une charge utile de 1800 kilogrammes, combien faudra-t-il faire de voyages ?

…………………………………………………………………

EXERCICE 4 *Des cubes*

Dans une boîte en carton cubique de 50 centimètres d'arête on dispose des cubes de 5 centimètres d'arête les uns contre les autres de façon à ne pas perdre de place.
On met deux cubes noirs puis un rouge, puis deux verts, puis trois bleus, puis on recommence : deux noirs, un rouge, deux verts, trois bleus…

- Quelle sera la couleur du soixantième cube rangé ?

…………………………………………………………………

- Et celle du cent treizième ?

…………………………………………………………………

- Quelle sera la couleur du dernier cube rangé ?

…………………………………………………………………

24 Comprendre l'écriture fractionnaire

COMPRENDRE

ACTIVITÉ 1 *Partager*

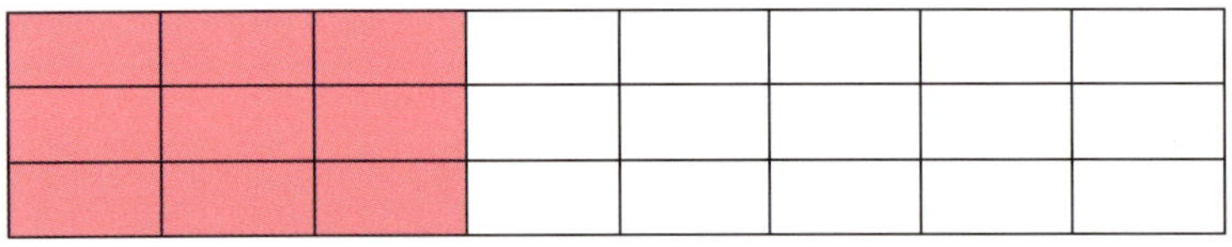

Neuf vingt quatrièmes du rectangle A sont colorés en rouge, la partie colorée représente $\frac{9}{24}$ de l'aire totale.

Trois huitièmes du rectangle A sont colorés en rouge, la partie colorée représente $\frac{3}{8}$ de l'aire totale.

$\frac{9}{24}$ et $\frac{3}{8}$ sont deux fractions égales. $\frac{3}{8} = \frac{9}{24} = \frac{3 \times 3}{8 \times 3}$

- Colorie en vert $\frac{6}{24}$ de l'aire du rectangle A.
- Donne une autre fraction égale à $\frac{6}{24}$

....

$\frac{3}{8}$ est une fraction ; 3 est le numérateur, 8 est le dénominateur.

ACTIVITÉ 2 *Avec le temps*

- Dans un jour il y a vingt-quatre heures, quelle fraction de jour représentent,

6 heures ? 8 heures ? 12 heures ? 18 heures ? 20 heures ? 24 heures ?

- Dans une heure il y a soixante minutes, exprime en minutes :

Une heure et quart : Trois quarts d'heure : Sept heures et demi :

Un jour et demi : Une demi-journée :

- Quelle fraction d'heure représentent,

Quinze minutes ? Trente minutes ? Quarante-cinq minutes ?

Trois cent quinze minutes ? Soixante-quinze minutes ? Vingt-cinq minutes ?

- **Si je veux diviser 2 par 3 la division ne s'arrête pas ! $\frac{2}{3}$ est le nombre qui multiplié par 3 donne 2.**
- **$\frac{a}{b}$ est une écriture du nombre qui multiplié par b donne a.**

$$\frac{a}{b} \times b = b \times \frac{a}{b} = a$$

- **$\frac{3}{5} = \frac{6}{10} = 0{,}6.$**
  0,6 est le nombre qui multiplié par 5 donne 3.
- **$\frac{3}{5}$ et $\frac{6}{10}$ sont deux autres écritures du nombre 0,6 qui multiplié par 5 donne 3.**

S'EXERCER

EXERCICE 1

- Complète les égalités suivantes :

$\frac{2}{7} = \frac{6}{\dots} = \frac{\dots}{14} = \frac{8}{\dots} = \frac{\dots}{35} = \frac{\dots}{700}$ $\frac{21}{35} = \frac{210}{\dots} = \frac{3}{\dots} = \frac{\dots}{10} = \frac{12}{\dots} = \frac{36}{\dots}$ $\frac{4}{3} = \frac{8}{\dots} = \frac{\dots}{15} = \frac{40}{\dots} = 1 + \frac{\dots}{\dots}$

$\frac{5{,}5}{4} = \frac{55}{\dots}$ $\frac{17}{3{,}2} = \frac{\dots}{32}$ $\frac{3{,}54}{4{,}3} = \frac{354}{\dots}$ $\frac{2}{0{,}5} = \dots$ $\frac{134}{27{,}2} = \frac{\dots}{272}$

EXERCICE 2 *Multiplier par $\frac{a}{b}$*

- Calcule

$5 \times \frac{3}{5} = \square$ $7 \times \frac{2}{7} = \square$ $65 \times \frac{98}{65} = \square$ $7654 \times \frac{4}{7654} = \square$ $543 \times \frac{1}{534} = \square$

$4 \times \frac{1}{2} = \square$ $6 \times \frac{1}{3} = \square$ $8 \times \frac{1}{4} = \square$ $10 \times \frac{1}{5} = \square$

$12 \times \frac{2}{3} = \square$ $8 \times \frac{3}{4} = \square$ $24 \times \frac{5}{6} = \square$ $14 \times \frac{8}{7} = \square$

$5 \times \frac{4}{15} = \square$ $6 \times \frac{5}{3} = \square$ $12 \times \frac{5}{12} = \square$ $6 \times \frac{3}{4} = \square$

Pour multiplier un nombre c par $\frac{a}{b}$ on peut multiplier c par a puis diviser le résultat par b mais on peut aussi diviser c par b et multiplier le résultat par a.

EXERCICE 3 *Tracer des segments*

Le segment AC mesure 6 centimètres. Tous les points doivent être alignés.

- Trace un segment AB dont la longueur est la moitié de celle du segment AC (il y a deux possibilités).
- Un segment AE mesure les deux tiers du segment AC, place le point E (il y a deux possibilités).
- Trace un segment AF dont la longueur est le tiers de celle du segment AB (il y a deux possibilités).

EXERCICE 4 *Placer des fractions sur un axe gradué*

La droite ci-contre est graduée régulièrement.

- Place les points d'abscisse $\frac{5}{2}, \frac{7}{2}, \frac{6}{2}$.
- Place à peu près les points d'abscisse $\frac{2}{3}, \frac{5}{3}, \frac{10}{3}$.
- Place à peu près les points d'abscisse $\frac{1}{5}, \frac{3}{5}, \frac{16}{5}$.

EXERCICE 5 *Passer de l'écriture décimale à l'écriture fractionnaire et réciproquement*

- Écris sous forme d'une fraction : 0,5 = $\square$, 0,25 = $\square$, 0,75 = $\square$, 1,5 = $\square$, 2,5 = $\square$, 0,1 = $\square$, 0,01= $\square$.
- Écris sous forme décimale : $\frac{1}{4} = \dots$, $\frac{3}{4} = \dots$, $\frac{7}{2} = \dots$, $\frac{5}{4} = \dots$, $\frac{3}{10} = \dots$, $\frac{7}{100} = \dots$, $\frac{53}{100} = \dots$, $\frac{12}{50} = \dots$, $\frac{6}{25} = \dots$.

CHERCHER

DEVINETTE

Je cherche une fraction, son numérateur a deux chiffres, c'est un multiple de sept compris entre 50 et 60 ; son dénominateur a trois chiffres, le chiffre des centaines est le tiers du chiffre des dizaines qui est la moitié du chiffre des unités.

....

25 Reconnaître des situations de proportionnalité

COMPRENDRE

Manon a dessiné la figure ci-contre.
Elle veut l'agrandir pour que [AD] mesure cinq carreaux sur le nouveau dessin.

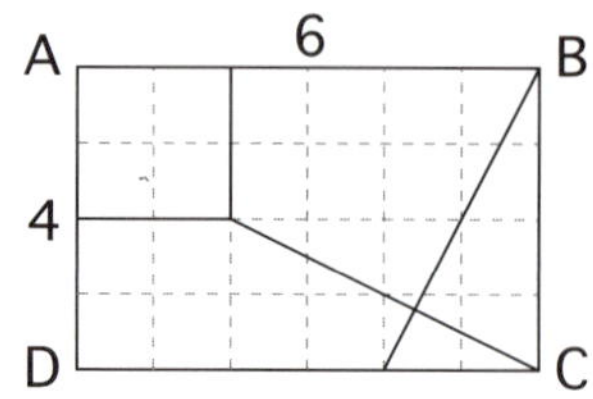

1. Laurent lui propose l'agrandissement ci-dessous. Manon n'est pas satisfaite. Quelle raison numérique donne-t-elle à Laurent ?

....

....

....

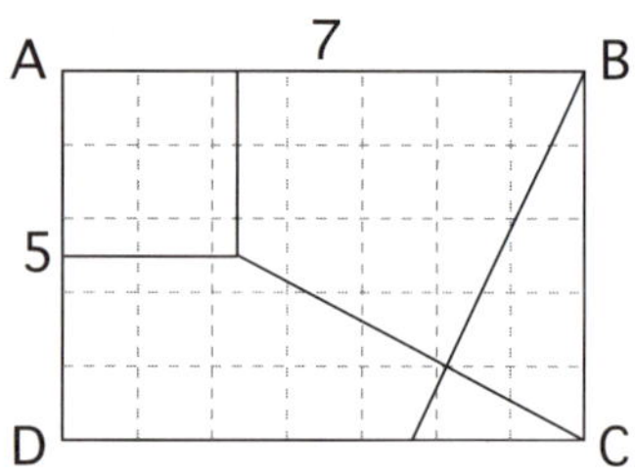

2. Anaïs lui propose son dessin. Manon n'est toujours pas satisfaite. Quelle raison géométrique Manon peut-elle donner à Anaïs ?

....

....

....

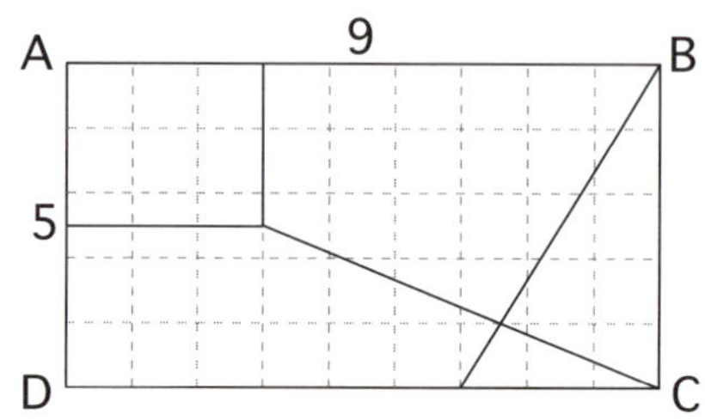

3. Manon affirme que, dans un agrandissement, les carrés doivent rester des carrés.
Dessine sur ton cahier la figure que veut Manon en prenant pour unité le centimètre.
Quelle longueur obtiens-tu pour [AB] ? ....

(Fais contrôler le résultat par ton professeur.)

4. En observant le dessin de Manon et en mesurant sur le tien, complète le tableau des nombres ci-contre :

longueur sur le dessin de Manon	4	6	2	3
longueur sur ton dessin	5			

5. Comment calculer ces nombres ?

....

....

Une situation de proportionnalité

3 + 8 ; x 4

nombre d'articles	3	8	11	12
prix en Euros	1,65	4,4	6,05	6,6

1,65 + 4,4 ; x 4

Une situation qui n'est pas de proportionnalité

nombre d'articles	3	5	8
prix en Euros	7,5	12,5	22

car 7,5 + 12,5 ≠ 22
alors que 3 + 5 = 8

S'EXERCER

EXERCICE 1

Manon veut maintenant réduire sa figure pour que [AD] mesure 3 cm. Complète le tableau suivant en calculant :

longueur sur le dessin de Manon	4	2	6	3
longueur sur ton dessin	3			

EXERCICE 2

Calcule mentalement la réponse aux questions suivantes :

a. J'ai payé 5,6 € quatre bouteilles du même jus de fruit. Quel est le prix de huit bouteilles ? ....

b. En roulant à vitesse constante, il m'a fallu trois heures pour faire 200 km.
Combien ai-je mis de temps pour faire 100 km ? ....

EXERCICE 3

Les situations suivantes sont-elles des situations de proportionnalité ? Coche la bonne case.

a. Un pantalon de taille 40 coûte 50 €. Combien coûte un pantalon de taille 42 ? oui ❑ non ❑

b. Pour faire un gâteau pour quatre personnes, il me faut 100 g de sucre. Combien pour six personnes ? oui ❑ non ❑

CHERCHER

Un professeur a donné le problème suivant :

Un gâteau pour quatre personnes nécessite 250 g de farine. Je veux faire un gâteau pour dix personnes. Combien me faut-il de farine ?

1. Un élève propose le calcul suivant :

250 + 250 + 250 ÷ 2.

Explique son raisonnement :

....
....
....
....
....
....

2. Pierre, un autre élève, propose :

250 ÷ 4 = ☐

☐ x 10 = où ☐ sera à calculer ensuite.

Explique son raisonnement :

....
....
....
....
....

RÉDIGER

Rédige, en complétant les calculs, la solution de Pierre au problème précédent.

....
....
....
....

Fais contrôler ta rédaction par ton professeur ou un camarade.

26 Appliquer la proportionnalité

COMPRENDRE

Une fois la proportionnalité identifiée (voir fiche 25), tu n'as plus qu'un problème de technique. Voici quelques méthodes à retenir... avec du bon sens.

ACTIVITÉ 1

Dans la même boulangerie

J'ai acheté trois croissants pour 1,65 €. Lili en a acheté quatre pour 2,2 €.

- Combien Thierry paiera-t-il pour sept croissants ?

Réponse ....

....

Le prix d'un croissant est inutile. Il suffit de remarquer que : 7 = 3 + 4. **C'est la méthode d'addition.**

ACTIVITÉ 2

CD ou cassettes ?

Thierry achète deux CD et trois cassettes vidéo pour 91 €. J'achète un CD et deux cassettes vidéo pour 53 €. Lili ne peut acheter qu'un CD et une seule vidéo.

- De combien dispose-t-elle d'argent ?

Réponse ....

....

- Quel est le prix (en €) d'une cassette vidéo ?

Réponse ....

....

- Quel est le prix (en €) d'un CD ?

Réponse ....

....

Pour répondre à la première question, le prix d'un CD et d'une cassette vidéo sont inutiles, il suffit de remarquer que Lili et moi achetons... ce qu'achète Thierry tout seul et donc il faut... soustraire. **C'est la méthode de soustraction.**

ACTIVITÉ 3

Dans la boulangerie

Lili achète trois croissants et deux brioches pour 2,65 €. Thierry achète neuf croissants et six brioches.

- Combien paiera-t-il ? (et qui sera le plus gros !)

Réponse ....

....

Tu peux dire que **c'est la méthode de multiplication.**

ACTIVITÉ 4

Dans un sens ou dans l'autre

Un agriculteur a vendu 35 kg de courgettes à 1,2 € et 80 salades à 0,38 €. Avec la somme encaissée, il va pouvoir acheter des plants de tomates à 2,5 € l'un. On veut savoir combien. Pour cela :

- Calcule le prix des 35 kg de courgettes.

Réponse ....

....

- Calcule le prix des 80 salades.

Réponse ....

....

- Calcule la somme encaissée.

Réponse ....

....

- Calcule le nombre de plants de tomates.

Réponse ....

....

Attention aux informations données pour trouver l'opération et au sens des opérations.

ACTIVITÉ 5

Quand c'est gratuit... on ne paie pas

Quand on consulte l'annuaire téléphonique par minitel, les trois premières minutes sont gratuites puis on paie 0,36 F (0,055 €) la minute supplémentaire.

- À combien revient une communication de quatre minutes ?

Réponse ....

....

- À combien revient une communication de huit minutes ?

Réponse ....

....

- J'ai payé 2,52 F. Combien de temps suis-je resté en ligne ?

Réponse ....

....

Le coût n'est pas proportionnel au temps passé en ligne puisque les trois premières minutes sont gratuites.

26 Appliquer la proportionnalité (suite)

S'EXERCER

EXERCICE 1

Quand l'eau monte

L'aquarium de Thierry a la forme d'un parallélépipède rectangle. Quand il y verse 4 litres d'eau, le niveau monte de 2 cm.

- Complète les phrases :

- Quand il verse 8 l d'eau, le niveau monte de .... cm.
- Quand il verse 6 l d'eau, le niveau monte de .... cm.
- Quand il verse .... l d'eau, le niveau monte de 14 cm.

EXERCICE 2

Les poissons trinquent

Thierry introduit un couple de guppys dans son aquarium. Un couple de cette variété de poissons se reproduit de façon que tous les six mois il donne naissance à 9 couples de poissons.

- Si Thierry avait introduit dix couples de poissons, combien de couples aurait-il eu six mois plus tard ?

Réponse ....

....

EXERCICE 3

Mais trop, c'est trop !

Thierry a introduit un couple de guppys dans son aquarium. Tous les six mois, tous les couples de guppys ont donné naissances à 9 couples de poissons. On veut connaître le nombre de poissons que possède Thierry au bout de 18 mois. Pour cela :

- Au bout de six mois, Thierry possède le couple qu'il a acheté et les neuf couples de bébés donc dix couples en tout.

- Complète :

- Au bout de 12 mois ....

....

- Au bout de 18 mois ....

....

- Sans calcul, pourrais-tu dire combien il y aurait de poissons au bout de 2 ans ?

Réponse ....

....

EXERCICE 4

Pourcentage

Un magasin affiche : solde 20%.

- Complète le tableau suivant (les calculs seront faits au brouillon, s'ils sont nécessaires).

Prix initial en €	Réduction	Prix soldé en €
100		
200		
50		
250		
	100	
	40	
	140	
		80
		240
		40
		280

CHERCHER

On te donne les informations.

Patrick achète	*3 yaourts,*	*2 l de lait,*	*5 pots de confiture*	*pour 4,05 €.*
Lili achète	*6 yaourts,*	*4 l de lait,*	*2 pots de confiture*	*pour 4,1 €.*
Thierry achète	*7 yaourts,*	*2 l de lait,*	*5 pots de confiture*	*pour 5,05 €.*

- On veut savoir combien coûtent un yaourt, un litre de lait, un pot de confiture.

Réponse ....

....

....

....

....

....

....

....

A Lire une carte, un tableau, un graphique

POURQUOI

Pourquoi lire une carte ? pour trouver son chemin !

- Voici une carte des autoroutes du sud de la France.
- Sur une autoroute, les panneaux indiquent la direction générale et, en-dessous, la prochaine sortie. Ainsi, quand je circule de Montpellier vers Nîmes, je vois, juste avant d'arriver à Nîmes, les panneaux :

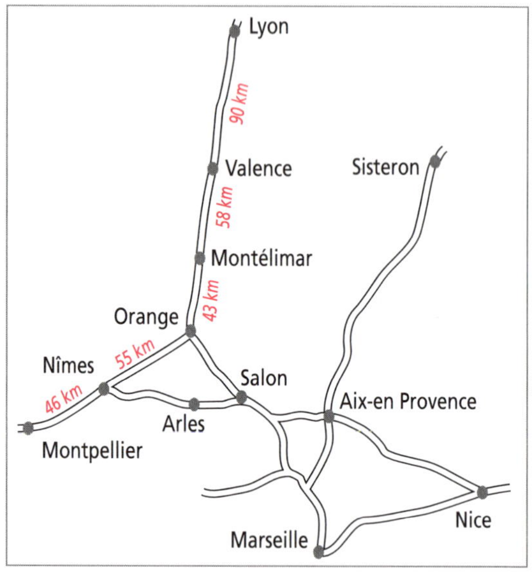

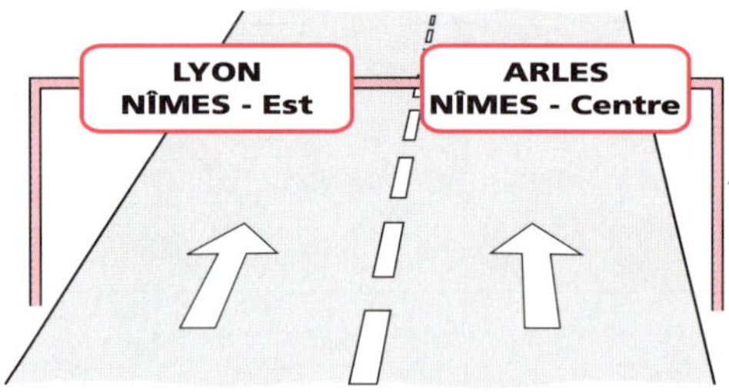

- Je pars de Nîmes, je vais à Sisteron. Deviens mon copilote en m'indiquant, à l'aide de la carte, quelle file je dois prendre.

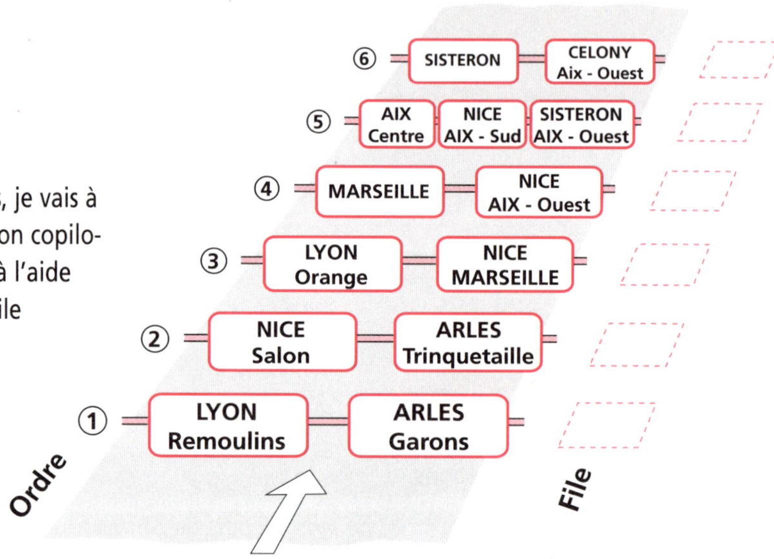

Pourquoi lire un tableau ? Pour trouver un renseignement.

	Marseille	Nîmes	Salon	Sisteron
Aix	29		30	106
Marseille			47	
Nîmes			70	
Arles			40	

Un guide touristique me donne le tableau de distances suivant (en km)... Il a été un peu tâché au fil du temps.

- Reporte les distances que donne ce tableau sur la carte précédente.
- Calcule la distance séparant Nîmes de Sisteron.

....

Pourquoi lire un graphique ? pour trouver un renseignement.

Voici un graphique indiquant l'évolution du poids d'un bébé en fonction de son âge. Réponds aux questions suivantes :

- quel est le poids de Bébé à quatre jours ? ....
- quel est l'âge de Bébé lorsqu'il pèse trois kilos ? ....
- fais quelques remarques sur le graphique et montre-les à ton professeur.

....

....

....

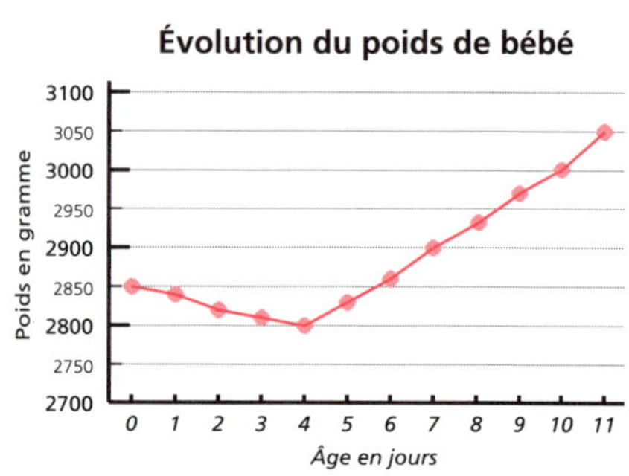

COMMENT

Lire un tableau à deux lignes ou deux colonnes.

- Le Quid fournit, entre autres, le renseignement concernant le nombre d'apparitions de certains personnages dans un film pour la période 1900-1990. Ces résultats sont présentés sous forme du tableau suivant :

- On peut ainsi comprendre, en lisant le tableau du haut vers le bas, que le personnage de Tarzan est apparu dans un film 94 fois.

personnages	Holmes	Dracula	Tarzan	Lénine	Cendrillon	Zorro	Charlie Chan
nombre d'apparitions	197	160	94	72	69	68	49

- En lisant le tableau du bas vers le haut, on comprend que 94 films font apparaître le personnage de Tarzan.

Lire un tableau à double entrée.

- Une agence de voyages fournit à ses clients les renseignements suivants :

- On lit le tableau en « croisant » une ligne et une colonne : le trajet Paris-Bordeaux dure, par le train, 3 heures. Paris-Londres coûte, en avion 92 euros.

Trajet	durée en heures		tarif en euros	
	SNCF	AVION	SNCF	AVION
Paris-Lyon	*2*	*1 h 30*	*60*	*80*
Paris-Londres	*2*	*1 h 50*	*163*	*92*
Paris-Bordeaux	*3*	*1 h 30*	*53*	*80*
Paris-Montpellier	*4 h 15*	*1 h 20*	*60*	*95*

Lire un graphique.

- Je connais ⬭ ;
- Je fais le chemin ;
- Je lis le nombre.

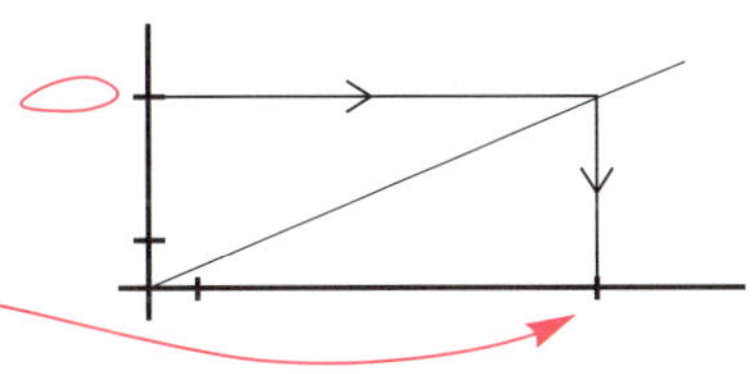

- Je connais ⬭ ;
- Je fais le chemin ;
- Je lis le nombre.

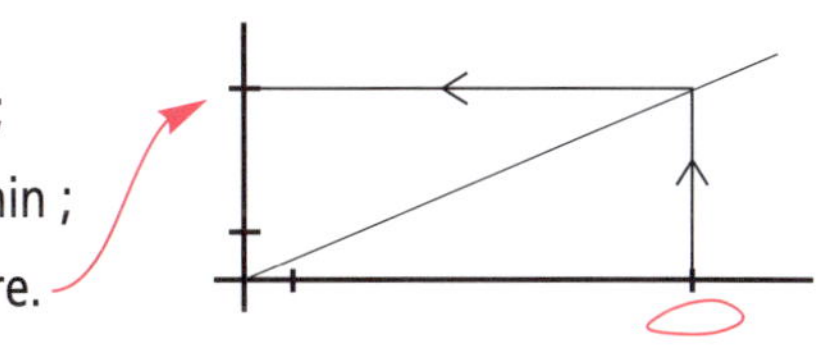

S'EXERCER

EXERCICE 1 *« On the road again »*

À l'aide de la carte précédente, complète le tableau des distances.

	Lyon	Montélimar	Nîmes	Orange	Valence
Lyon					
Montélimar					
Nîmes					
Orange					

EXERCICE 2 *« chacun sa route, chacun son chemin »*

Sur une route Léon voit une borne indiquant : Tours 15 km, Blois 38 km.
Dix minutes après, une seconde borne indique : Tours 12 km, Blois 41 km.

- Sur quelle route se trouve-t-il ? ....
- Dans quel sens circule-t-il ? ....
- Dans combien de temps sera-t-il arrivé ? ....
- Dans quelle ville ? ....

EXERCICE 3 *« La carte sans trésor »*

Fabrique 3 étiquettes. Une pour le stade, une pour la mairie, une pour la maison de Lili. Tu dois les coller sur le plan ci-contre à l'aide des renseignements suivants :

- le stade est à côté de l'école et donne sur la rue des jeux.
- la mairie est à l'angle de la rue des jeux et de l'avenue de la liberté. Elle est en face de la poste.
- Lili habite à l'angle de l'avenue de la liberté, en face de la poste mais pas sur le trottoir du théâtre.
- La rue du château va de la place du château à celle du marché. Ecris son nom.

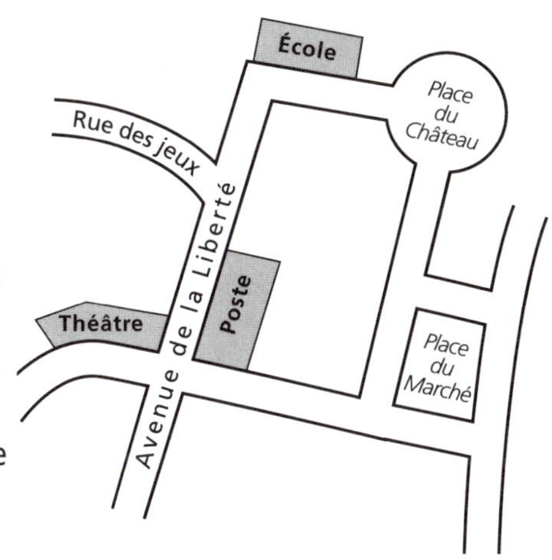

B Construire un raisonnement

COMMENT

ACTIVITÉ 1

Avec un schéma

On te donne un exercice. Les données sont les suivantes :

- Une école comporte deux classes.
- Dans cette école il y a 26 filles.
- Dans la première classe, il y a 12 filles et 11 garçons.
- Dans la deuxième classe, il y a 27 élèves.

- On te demande de répondre à **la question** :
quel est le nombre de garçons dans la deuxième classe ?

- Pour cela on fait le schéma suivant :

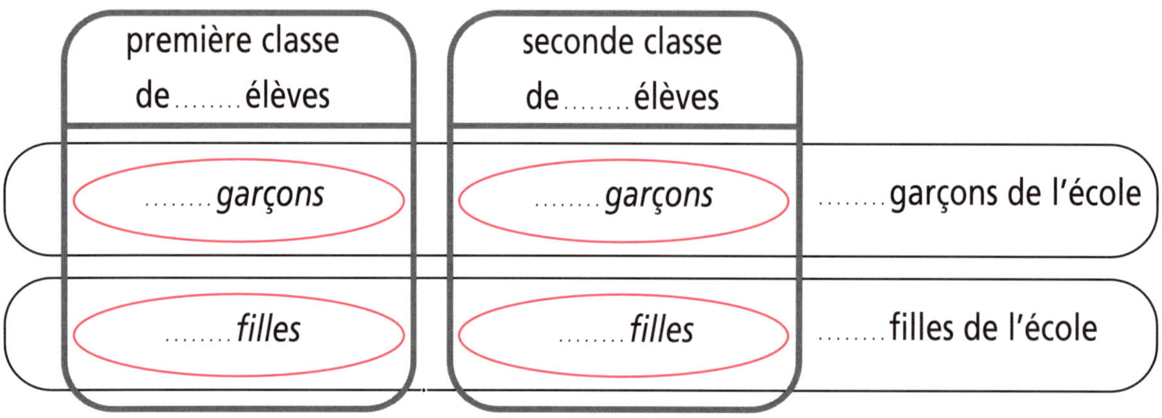

- À partir **des données**, remplis les bulles du dessin en indiquant le nombre d'élèves de chaque catégorie.
Le raisonnement se comprend mieux maintenant :

- Je compte d'abord le nombre de filles de la seconde classe à partir du nombre de filles dans la première classe et du nombre de filles dans l'école.

Réponse ....

- Je compte le nombre de garçons de la seconde classe à partir du nombre d'élèves de cette classe et du nombre de filles de la classe.

Réponse ....

- Et tu peux même le vérifier en calculant **de deux façons** le nombre d'élèves de l'école. Complète les phrases :

- la première façon donne .... élèves en calculant ....
- la seconde façon donne .... élèves en calculant ....

ACTIVITÉ 2 — *Avec un tableau fléché*

Cette fois **les données** de l'exercice sont les suivantes :

- Le périmètre d'un carré est de 24,8 cm.
- On double chaque côté de ce carré.
- On obtient un nouveau carré.

- On veut répondre à **la question** :

quel est le rapport des aires de ces carrés ?

- **L'idée de départ** est la suivante :

quand tu connais le côté d'un carré, tu sais calculer son périmètre et son aire.

- Rappelle les formules nécessaires :

Réponse ....

....

- **Le raisonnement** peut alors s'obtenir à partir du tableau fléché suivant :

	côté	périmètre	aire
ancien carré	(x 4) →	24,8 (côté a pour carré → aire)	
nouveau carré	(x 2 depuis ancien côté) (x 4) →	(côté a pour carré → aire)	

- Encadre en rouge les nombres figurant dans les données
- Encadre en bleu les nombres nécessaires au calcul demandé
- Utilise le tableau fléché pour expliquer les calculs suivants :

  - 24,8 ÷ 4 = 6,2

Explication ....

  - 6,2 x 6,2 = 38,44

Explication ....

  - 6,2 x 2 = 12,4

Explication ....

  - 12,4 x 12,4 = 153,76

Explication ....

  - 153,76 ÷ 38,44 = 4

Explication ....

Avec un tableau ! Pourquoi ?

Un tableau permet de comparer deux, ou plusieurs, situations similaires (première classe - seconde classe pour le premier exemple, ancien carré - nouveau carré pour le second) évoquées par l'énoncé d'un exercice.

Le tableau fléché permet **en plus** de tenir compte de l'ordre des opérations (ordre inclus dans les formules) soit

- en gardant cet ordre quand on voit :

nombre connu —*opération connue*→

- quand on voit : **à trouver** —*opération connue*→ **nombre connu**

on fait : ←*opération inverse*— **nombre connu**

B Construire un raisonnement (suite)

S'EXERCER

EXERCICE 1

Avec un tableau

Un problème d'André Roumanet donne les informations suivantes : trois personnes habitent les trois premières maisons de ma rue et du même côté. Elles exercent trois métiers différents, sont de trois nationalités différentes et chaque maison a une couleur différente.

① Le Français habite la maison rouge

② L'Allemand est musicien

③ L'Anglais habite la maison du milieu

④ La maison rouge est à côté de la verte

⑤ L'écrivain habite la première maison

- On se pose les questions suivantes :
quelle est la nationalité de l'écrivain ? Qui habite la maison jaune ?

- Pour y répondre on te propose d'étudier le tableau.

Maison située	Couleur	Métier	Nationalité
la troisième			
au milieu			
la première			

- Utilise les données ③ et ⑤ pour compléter certaines cases du tableau.

- En utilisant la donnée ② et en examinant ce que tu as déjà rempli dans le tableau, tu peux répondre à une question :
Réponse ....
....

- Utilise les données ① et ④ pour compléter certaines cases du tableau.

- Réponds à la seconde question.
Réponse ....
....

EXERCICE 2

Avec un tableau fléché

Déjà les soldes ! Tu veux acheter un pantalon et une veste.
Tu vois les étiquettes :

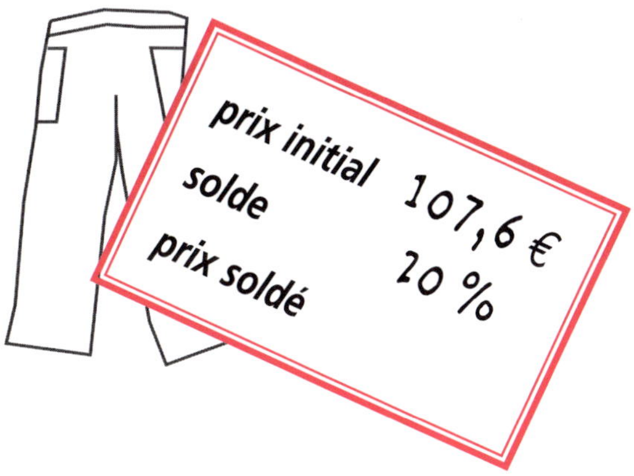

• Tu veux calculer le montant (en euros) de l'économie réalisée.
Pour cela, complète à l'aide des renseignements le tableau suivant :

	prix avant les soldes	prix soldé	économie
Pantalon	*107,60*	?	
Veste	?	*122,76*	

• Calcule l'économie réalisée
Réponse ....
....
....

RÉDIGER

Rédige le raisonnement trouvé à l'exercice 1 du paragraphe « s'exercer ».
....
....
....
....
....
....
....
....

• Montre cette rédaction à ton professeur.

C Lire un énoncé

COMPRENDRE

ACTIVITÉ 1

Lis cet énoncé de problème puis **souligne**-la, ou les **questions auxquelles il est possible de répondre** avec les données du problème.

Les élèves de 6e ont décidé cette année de vendre au collège des gâteaux qu'ils ont eux-mêmes confectionnés. Ils ont utilisé pour cela : 4,5 kg de farine à 1 € le kg, 3 boites de sucre à 2 € la boite, 2 paquets de 250 g de beurre ainsi que 25 œufs à 3 € la plaque de 30 œufs. Ils ont découpé les gâteaux en parts et ont ainsi vendu 65 parts à 0,5 € la part.

- Quelle somme d'argent ont-ils gagnée avec la vente des 65 parts ?
- Quel est le poids de sucre utilisé pour la confection des gâteaux ?
- Quel est le prix d'un oeuf ?
- Combien d'argent a été dépensé pour confectionner les gâteaux ?
- **Pour quelles raisons certaines questions du problème ne peuvent pas trouver de réponse ?**

....

ACTIVITÉ 2

Lis attentivement le texte ci-dessous en entourant toutes les données numériques se trouvant dans le texte.

Le 30 avril, M. et Mme Martin avec leur fille de 5 ans et leur garçon de 11 ans, décident d'aller pour le week-end du 1er mai, au Futuroscope. Ils partiront le dimanche à 8 heures du matin, pour un séjour de deux jours de visite et une nuit à l'hôtel. Ils ont réservé à l'hôtel « Ariane », situé 5 place du Nombre d'Or à Poitiers, dans le département 86. Le prix du séjour choisi dans une formule classique, comme c'est la haute saison, est de 90 € par adulte et 70 € par enfant de moins de 12 ans ; le séjour est gratuit pour un enfant de moins de 6 ans. Ils ont voyagé dans une 406 blanche et sont arrivés à Poitiers à 11 heures du matin. Calcule le prix total à payer pour le séjour de la famille Martin au Futuroscope.

a. Complète le tableau ci-dessous :

- En écrivant **à côté de chaque nombre le mot qui le qualifie.**
- **En mettant une croix** pour indiquer **si le nombre est utile ou pas utile** pour répondre à la question du problème.

nombre / Mot	Utile	Pas utile
30		
5		
11		
1		
8		
deux		
une		
5		
86		
90		
70		
12		
6		
406		
11		

b. Réponds par OUI ou NON

- On connaît l'âge de Mme Martin ☐ (est-ce utile de le savoir ?) ☐
- On connaît l'adresse de l'hôtel ☐ (est-ce utile de le savoir ?) ☐
- On connaît la durée du séjour ☐ (est-ce utile de le savoir ?) ☐

c. Mets une croix si c'est une information nécessaire au problème.

- L'heure d'arrivée à Poitiers. ☐
- L'âge des enfants. ☐
- Le nombre d'étoiles de l'hôtel. ☐

d. Réécris l'énoncé en ne gardant que les données utiles.

....
....
....
....
....
....
....

S'EXERCER

EXERCICE 1

Voici un énoncé de problème :

Le collège a commandé cette année, 5 dictionnaires tous au même prix, pour les élèves au CDI. Il faudra ajouter 3 € de frais de port, en plus du prix de ces manuels. Quel sera le montant de la facture à payer ?

- **Dans cet énoncé, il manque une information. Laquelle ?**
- **Choisis une valeur pour cette donnée manquante et résous ton problème.**

....

....

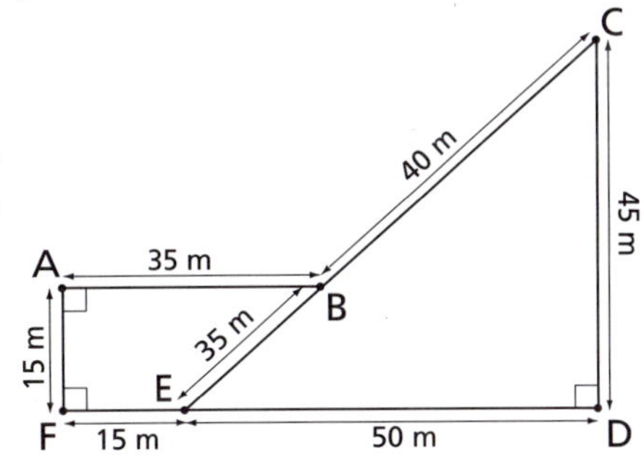

EXERCICE 2

Voici un énoncé de problème.

Quel est le périmètre de la figure ABCDEF représentée ci-contre ?

- **Dans cet énoncé il y a une donnée superflue, laquelle ?**
- **Pourrais-tu poser une autre question** à partir de la figure donnée, pour laquelle une **donnée inutile dans l'ancien problème, devienne utile pour ton problème** ? Puis réponds à ta question.

....

....

- **Est-il possible qu'une donnée utile** pour le problème posé **devienne inutile pour la question que tu as inventée toi** ? Laquelle par exemple ? ....

EXERCICE 3

Charline a écrit un message à Michel pour qu'il puisse construire une figure que Charline voit mais que Michel ne peut pas voir. Voici la figure et le texte de Charline.

« Dans la figure que tu dois tracer, il y a trois droites. Les droites d et d' sont perpendiculaires à une droite Δ. La droite d et la droite Δ se coupent en un point A. Les droites d et d' sont parallèles. »

- **Que penses-tu des informations données ?**

....

....

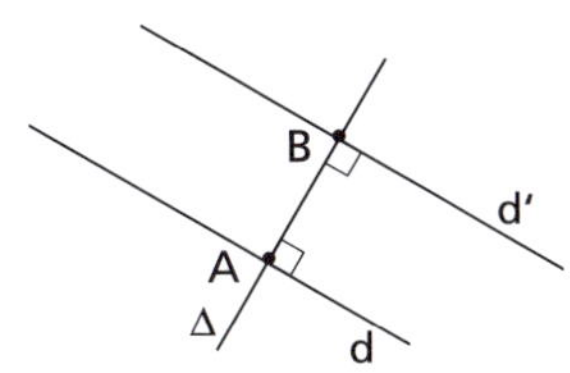

- **Quelles sont les informations nécessaires et suffisantes** à donner dans un texte **permettant à Michel de reproduire la figure** décrite dans le message de Charline ?

....

....

CHERCHER

Pour le goûter de Noël, le professeur principal de la classe de 6e a acheté pour ses 28 élèves :

- 15 plaques de chocolat à 30 % de cacao. Il y a deux barres par plaque.
- Un carton de 20 canettes de COCA-COLA à 7 € le carton.
- Deux plateaux de tartelettes aux fruits à 16 € le plateau.

1. **Peut-on dire que chaque élève de la classe aura une canette de COCA-COLA ? Pourquoi ?**

....

2. Les élèves décident de couper chaque plaque de chocolat en barres.
Y aura t-il une barre de chocolat pour chaque élève ? Pourquoi ?

....

3. **Peut-on savoir si chaque élève de la classe a eu une tarte aux fruits ? Pourquoi ?**

....

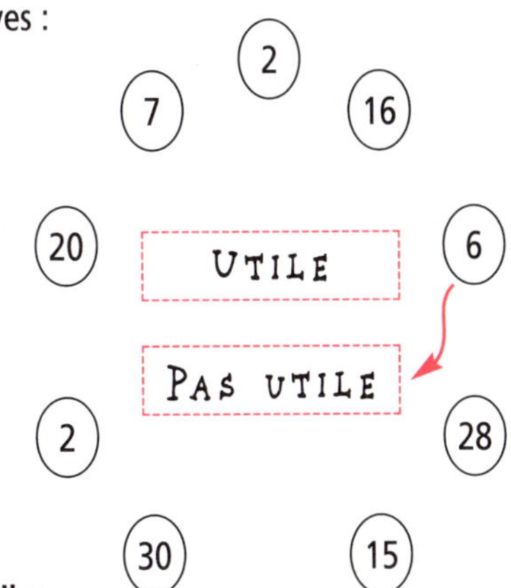

Les nombres donnés dans l'énoncé sont des **informations parfois nécessaires, parfois inutiles pour répondre aux questions posées.** Alors, complète le schéma ci-contre en **reliant les données numériques aux étiquettes « Utile » ou « Pas utile ».**

D Critiquer un raisonnement

Pour pouvoir soi-même répondre correctement à une question, il faut savoir étudier des réponses.

ACTIVITÉ 1 *La parité*

Lili affirme : « le produit de deux nombres pairs est pair », Patrick dit « alors 6 est le produit de deux nombres pairs ».

- Peux-tu expliquer pourquoi Lili a raison ?

....

....

- Écris 6 de toutes les manières possibles sous forme de produit de deux entiers ....

- Patrick a-t-il raison ? oui non

- Complète la phrase suivante :

Le produit de deux nombres pairs est toujours .... mais un nombre pair n'est pas toujours ....
....

ACTIVITÉ 2 *Alignés ou pas*

Le professeur explique aux élèves :
« Les points A, B et C sont alignés ; les points B, C et D sont alignés, je peux donc dire que les points A, B et D sont alignés ».
Il raconte une histoire pour illustrer :
« Alain, Bernard et Claude sont dans la même classe ; Bernard, Claude et Daniel sont dans la même classe, je peux donc dire qu'Alain, Bernard et Daniel sont dans la même classe ».
Michel pense avoir compris, il dit à sa voisine Lili :
« A, B et C sont alignés, C, D et E sont alignés, donc je peux dire que A, B et E sont alignés ».

- Fais un dessin pour lui montrer que ce n'est pas toujours vrai.

- Rédige une histoire pour lui expliquer que son raisonnement est faux.

....

....

....

ACTIVITÉ 3 *Losange, carré ou rectangle*

Jean sait depuis longtemps qu'un carré a quatre côtés égaux, il lit dans un livre la définition du losange :
« Un losange est un quadrilatère qui a quatre côtés égaux ».
Jean dit alors à Lili : « Alors un losange et un carré, c'est pareil ! »

- Qu'en penses-tu ? vrai faux

- Complète avec les lettres R pour rectangle, C pour carré, L pour losange les phrases suivantes, attention il y a parfois plusieurs réponses possibles :

Un .... a quatre axes de symétrie. Les diagonales d'un .... sont des axes de symétrie.
Un .... qui a deux côtés consécutifs égaux est un .... Un .... a quatre angles droits.
Un .... n'a que deux axes de symétrie. Un .... a quatre côtés égaux. Un ....
qui a un angle .... est un .... Un .... est à la fois un .... et un ....

- En te servant de ce que tu viens de faire, rédige un texte pour expliquer à Jean son erreur.

....

....

....

À toi d'évaluer !

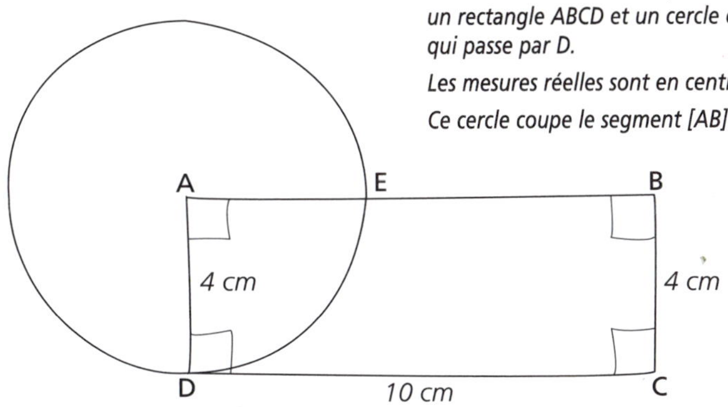

Sur ce dessin à main levée, on a représenté un rectangle ABCD et un cercle de centre A qui passe par D.

Les mesures réelles sont en centimètres.

Ce cercle coupe le segment [AB] au point E.

Trouve la longueur du segment [EB].

Explique ta réponse.

Apprendre à repérer des erreurs ou des imprécisions dans des réponses peut t'aider à mieux rédiger tes solutions.

L'exercice ci-contre a été proposé lors de l'évaluation en sixième, on a reproduit ci-dessous quelques réponses d'élèves.

Trouve la longueur du segment [EB] : *3,5 cm.*

Explique ta réponse : *Si [AB] mesure 5,8 cm et que [AE] = 2,3 cm [EB] mesure donc 5,8 - 2,3 = 3,5.*

Valérie

Trouve la longueur du segment [EB] : *10 cm.*

Explique ta réponse : *Je trouve 10 cm parce que c'est marqué et que la longueur est la même et la même que celle d'en dessous.*

Thierry

Trouve la longueur du segment [EB] : *5 cm.*

Explique ta réponse : *Je remarque que 4 cm est la largeur et 10 cm la longueur. Je divise 10 par 2 sa me donne 5 cm.*

Myriam

Trouve la longueur du segment [EB] : *56 cm.*

Explique ta réponse : *J'ai calculé le périmètre et après j'ai multiplier par deux et j'ai eu la longueur du segment.*

Melissa

Trouve la longueur du segment [EB] : *6 cm.*

Explique ta réponse : *AD mesure 4 cm puisqu'un cercle a toujours le même rayon. AE mesure 4 cm. 10 - 4 = 6.*

Yasmine

Mesure sur le schéma les longueurs des segments [DC] et [BC].

....

- Explique à **Valérie** pourquoi sa réponse n'est pas correcte.

....

Quelle est la longueur demandée dans l'énoncé ?

....

- De quelle longueur veut parler **Thierry** quand il écrit que c'est la même que celle du dessous ?

....

- **Myriam** parle de longueur et de largeur. De quelle figure géométrique parle-t-elle ?

....

Y a-t-il quelque chose dans l'énoncé ou sur le schéma qui permet de dire que E est le milieu de AB ?

....

- Explique à **Melissa** pourquoi le segment [EB] ne peut pas mesurer 56 centimètres.

....

- **Yasmine** donne la bonne réponse. Pourquoi peut-elle affirmer que E est sur le cercle ?

....

- Quand **Yasmine** écrit 10 - 4 = 6 pour calculer [EB], elle se sert de l'égalité EB = AB - AE. Pourquoi a-t-elle le droit de le faire ?

....

Rédige une réponse au problème posé :

Trouve la longueur du segment [EB] : ....

Explique ta réponse : ....

....

....

....

Conception interne
JEAN-LOUIS LIENNARD

Mise en page
JEAN-PAUL PLAN

Dépôt légal : octobre 2000 - N° d'éditeur : 2000/488
Imprimé par I.F.C. 18390 Saint-Germain-du-Puy - N° d'imprimeur : 00/982